Willi Reschke · Der Putzikam

WILLI RESCHKE

Der Putzikam

und sechs weitere weihnachtliche Erzählungen
aus unseren Tagen

CHRISTLICHES VERLAGSHAUS GMBH
STUTTGART

ABCteam

Bücher, die dieses Zeichen tragen, wollen die Botschaft von Jesus Christus in unserer Zeit glaubhaft bezeugen.

ABCteam-Bücher erscheinen in folgenden Verlagen:

Aussaat- und Schriftenmissions-Verlag Neukirchen
R. Brockhaus Verlag Wuppertal / Brunnen Verlag Gießen
Bundes Verlag Witten / Christliches Verlagshaus Stuttgart
Oncken Verlag Wuppertal

© 1985 Christliches Verlagshaus GmbH, Stuttgart
Umschlagfoto: Windstoßer/Goersch
Gesamtherstellung: Druckhaus West GmbH, Stuttgart
ISBN 3-7675-2520-8

Inhalt Seite

Der Putzikam 7
Der vorletzte Weg 24
Das bewegte Herz 40
Die seltsamen Christbäume 52
Endlich zu Hause 65
Das geschenkte Leben 76
Ali und die beiden Wölfe 92

Der Putzikam

Eigentlich hieß er Hans Richter, war vierzehn Jahre alt und Vollwaise. Was ihn besonders bekümmerte: Er war außerordentlich klein. Sein Vater soll kurz nach seiner Geburt gesagt haben, daß aus einem so winzigen Wesen bestimmt kein großer Mann werden könnte. Aber das wußte Hans Richter nur vom Hörensagen, denn seine Eltern hatte er nicht mehr bewußt kennengelernt. Als er ein Jahr alt war, verunglückten sie beide.

Hans lebte seitdem im Waisenhaus, dem »Wichernheim«, und das war, wenn man davon absieht, daß es ein Waisenhaus war, gar nicht so übel. Vor allem die Leiterin, Fräulein Schnelle – eine würdige, aber liebevolle und sehr gütige Dame – machte das Haus allen Bewohnern, so gut es ging, ein wenig zur Heimat. Für die Jungen, die dort leben mußten – sie sagte nur »meine Jungen« – ging sie durchs Feuer. Sie konnte sogar Spaß verstehen, was ihr eigentlich niemand auf den ersten Blick zugetraut hätte.

In diesem Haus also lebte Hans Richter nun schon seit dreizehn Jahren. Zum Haus gehörte auch eine Schule, eine richtige Sonderschule, in die die Jungen des Hauses gingen, aber auch andere. Die Schule wurde von Rektor Meinhardt geleitet, einem Mann mittleren Alters, den Hans Richter aus tiefster Seele haßte. Das hatte eine ganz bestimmte Ursache.

Hans Richter wurde im Wichernhaus der »Putzikam« genannt. Wie er zu diesem Spitznamen gekommen war, das wußte er selbst nicht mehr genau. Alle riefen ihn so, auch Fräulein Schnelle. Sie durfte das. Der Putzikam hatte nichts dagegen einzuwenden.

Nur – und da war eben der Haken – Rektor Meinhardt durfte es nicht. Hans Richter, genannt der Putzikam, wollte es einfach nicht.

»Der will mich damit nur durch den Kakao ziehen«, sagte er, »er will mich beleidigen, verhöhnen – und das will *ich* nicht. Also, der Meinhardt darf das nicht.«

Leider beachtete Herr Meinhardt Putzikams Willen nicht. Er nannte ihn weiterhin so, und das vertiefte bei Putzikam den Haß.

Warum Hans Richter so hieß, das wußten gar nicht mehr alle Jungen, das heißt, wie er zu diesem Spitznamen gekommen war.

Irgendeiner seiner Freunde hatte eines Tages gesagt: »Weißt du, Hans, du hast den falschen Namen. Du bist so winzig klein, du bist einfach putzig. Und dann kämmst du dich dauernd.«

Ja, das tat der Putzikam wirklich mit Ausdauer und Begeisterung. Wo er nur einen Spiegel sah, holte er den Kamm aus der Tasche und kämmte sich. Er war stolz auf sein schönes, seidig-blondes Haar.

»Sieh mal«, sagte der Freund, »der Name Hans ist ganz alltäglich. So heißen viele Menschen. Wir werden dich, weil du so putzig bist und dich oft kämmst, in Zukunft Putzikamm nennen.«

Dabei war es dann geblieben. Als aber einmal einer der Jungen diesen Spitznamen an die Tafel schreiben wollte, schrieb er unwillkürlich Putzikam mit einem »m«. Auch das wurde von allen akzeptiert.

Doch zurück zu Fräulein Schnelle. Putzikam liebte sie. Sie war für ihn nicht nur die Heimleiterin, sie war ihm der Ersatz für die so früh verlorene Mutter. Aber eins konnte Putzikam nicht verstehen. Das störte ihn bei Fräulein Schnelle. Sie hatte die Angewohnheit, während der Schulzeit, wenn die Jungen nicht in ihren Zimmern waren, die Schränke zu kontrollieren. Alle Schränke im Haus hatten unverschlossen zu bleiben.

»Wir sind ein ehrliches Haus«, sagte Fräulein Schnelle. »Bei uns wird nicht gestohlen. Also bleiben die Schränke unverschlossen.«

So konnte denn Fräulein Schnelle einfach und sehr schnell in die Schränke hineinschauen. Was sie dabei entdeckte, das gefiel ihren Augen nicht immer. Da konnte es denn vorkommen, daß der eine oder der andere, wenn er vom Unterricht ins Wichernheim zurückkam, den ganzen Inhalt seines Schrankes *vor* der Schranktür auf dem Boden fand. Freilich, Fräulein Schnelle breitete darunter stets ein Tuch aus, denn sie wollte nicht, daß etwas schmutzig wurde.

Der aber, den diese Maßnahme traf, durfte in der Zeit, in der die andere Mannschaft beim Mittagessen saß, den Schrank fein säuberlich wieder einräumen.

Solches Ereignis bekam Putzikam zu Beginn der Adventszeit zu spüren: Er entdeckte den ganzen Inhalt seines Schrankes auf dem Fußboden.

Das wurmte Putzikam. So lieb er Fräulein Schnelle hatte, er schwor ihr Rache!

Eines Tages kam ihm der Gedanke, dessen Ausführung vieles auslöste. Er machte sich heimlich an die Arbeit. Dazu gehörte vor allem eine leere Konservendose. An ihrem unteren Teil befestigte er eine Schnur, die er um die Konservendose band. Durch den oberen Rand der Büchse bohrte er ein Loch und verknüpfte in ihm ebenfalls eine Schnur so, daß ein längeres Stück übrigblieb.

Nun gab es in jeder Adventszeit immer einen Wettbewerb, in dem das am schönsten geschmückte Zimmer ausgezeichnet wurde. Putzikam und sein Zimmerkamerad, der Gerhard, hatten ihn dieses Jahr gewonnen. Ihr Zimmer duftete nach Tanne und war mit seinen vielen grünen Zweigen und den Adventslichtern eine richtige Weihnachtsstube geworden. Auch oben an den Schränken, entlang der Ränder, hatten sie Tannenzweige befestigt.

Auf seinem Schrank, hinter diesen Zweigen, versteckte Putzikam die Konservendose. Er befestigte sie an dem unteren Bindfaden so, daß sie fest oben, aber doch beweglich blieb. Am Schnurende des oberen Teils der Büchse hatte er eine Schlaufe gemacht, die er leicht über einen kleinen Nagel am oberen Ende der Schranktür legen konnte. Nun mußte die Konservendose noch mit Wasser gefüllt werden.

Eines Tages, kurz vor dem letzten verkaufsoffenen Samstag vor Weihnachten, war es dann soweit. Nach seinen Berechnungen meinte Putzikam, daß er heute mit der Schrankkontrolle durch Fräulein Schnelle wieder an der Reihe war. Ehe er zum Unterricht ging, füllte er die Büchse, die hinter den Zweigen gut versteckt stand, mit Wasser und legte die Schlaufe um den Nagel an der Tür.

Das Unheil nahm seinen Lauf. Als Fräulein Schnelle tatsächlich, wie Putzikam richtig berechnet hatte, an diesem Vormittag zur Schrankkontrolle in das Zimmer kam und ahnungslos die Tür zu seinem Schrank öffnete, ergoß sich das Wasser über ihr Haupt. Vor Schreck stand Fräulein Schnelle einen Augenblick wie erstarrt da, dann aber begriff sie: Das war Putzikams Rache!

Fräulein Schnelle hatte im Laufe ihres Lebens mit Waisenkindern die Erfahrung gemacht, daß es manches Mal, auch in unangenehmen Situationen, besser war, etwas mit Humor hinzunehmen, als sofort mit Kanonen nach Spatzen zu schießen. Außerdem wußte sie, daß ihr besonderer Freund Putzikam an diesem Mittag mit Spannung auf eine Reaktion wartete. Diese Freude wollte sie ihm aber nicht machen. Sie tat also, als sei nichts vorgefallen und spielte die Ahnungslose so gut (das Wasser hatte sie mit aller Sorgfalt aufgewischt), daß Putzikam nach dem Mittagessen auf einen Stuhl stieg und die Konservendose inspizierte. Sie war leer. Aber außerhalb der Dose war nichts zu entdecken, das auf vergossenes Wasser hindeutete. Die Sache blieb ihm ein Rätsel. Er fing an zu glauben, er habe die Büchse füllen wollen, es dann aber doch vergessen.

Doch Fräulein Schnelle machte einen Fehler. Sie erzählte bei einer Tasse Kaffee dem Rektor Meinhardt von ihrem Erlebnis, wobei sie sich vor Lachen darüber ausschütten wollte, daß der Putzikam ein sehr nachdenkliches, um nicht zu sagen dummes Gesicht gezeigt habe.

Leider besaß Rektor Meinhardt diesen Humor nicht. Er glaubte, bei Fräulein Schnelle eine Schwäche entdeckt zu haben, die er nicht übersehen dürfte. Er selbst würde die Bestrafung in die Hand nehmen. So bekam denn Putzikam mit der dazugehörigen Strafpredigt am nächsten Tag – ohne daß es Fräulein Schnelle wußte – eine geharnischte Strafarbeit aufgebrummt.

Rektor Meinhardt war stolz auf sein Handeln. Mit innerer Befriedigung verließ er an diesem Tag die Schule, um zu seiner Frau und seinen zwei Kindern nach Hause zu gehen. Seine Kinder liebte er geradezu abgöttisch, den siebenjährigen Thomas und die erst knapp vier Monate alte Hannelore.

Leider verließ nun den Putzikam der Humor. Seine Wut über die Strafarbeit, deren Berechtigung er dem Rektor keinesfalls zugestand, war so groß, daß er während des Mittagessens plötzlich auf seinen Stuhl kletterte – um auch ja von allen gesehen und gehört zu werden – und laut in den erwartungsvoll lauschenden Kreis der Anwesenden hineinrief: »Dieser Meinhardt, dieser Blödmann, der kann mich mal...« Es folgte das bekannte Wort des Götz von Berlichingen.

Das nun wiederum konnte Fräulein Schnelle

beim besten Willen nicht übergehen. Sie bestellte »Hans Richter«, wie sie dieses Mal sagte, zu sich in ihr Büro und brummte ihm bis einschließlich Heiligabend Ausgangssperre auf.

Dieser Hausarrest hätte dem Putzikam wenig ausgemacht – denn er wußte genau, daß Fräulein Schnelle im Grunde gar nicht anders handeln konnte –, wenn nicht morgen der letzte verkaufsoffene Samstag vor Weihnachten gewesen wäre. Putzikam aber kannte in der Weihnachtszeit nichts Schöneres, als an einem solchen, dazu noch schulfreien Wochenende durch die großen Geschäfte und Warenhäuser zu schlendern und all die Sachen zu besehen, die dort ausgestellt waren. Dabei hatte es ihm die Weihnachtsausstellung in dem großen Warenhaus besonders angetan. Damit war es nun nichts.

Sein Zimmerkamerad Gerhard besuchte an diesem Samstag eine alte Tante, so daß er den Nachmittag ganz allein verbringen mußte. Einmal blickte sein Gruppenleiter zu ihm herein und versuchte ihn zu trösten. Als dieser aber sagte, daß er für zwei Stunden auf den Weihnachtsmarkt gehen würde, da rollten dem Putzikam zwei Kummertränen über die Wangen.

Etwas später saß er am Fenster, das zur

Straßenseite hinausging, und von dem aus er einen kleinen Ausblick auf die Straße in Richtung Innenstadt hatte. Er saß noch nicht lange dort, da bemerkte er, daß Fräulein Schnelle in ihren kleinen Wagen stieg. Sicher fuhr sie für ein paar Stunden in die nächste Ortschaft, wo ihre hochbetagte Mutter wohnte.

Dieser Gedanke brachte Putzikam auf eine Idee: Er war ja sehr klein. Das hatte manchmal auch Vorteile. Wenn er sich tief bückte, konnte er sicher unbemerkt am Fenster des Pförtnerzimmers vorbeikommen, ohne gesehen zu werden.

Putzikam überlegte nicht lange. Sein Drang zu den schönen bunten Sachen in der Stadt war so stark, daß er keine möglichen Folgen bedachte. Er zog den Mantel an, denn es war in den letzten Tagen recht kalt geworden, setzte seine Mütze auf und machte sich auf den Weg. Alles ging gut. Ungesehen kam er zum Hause hinaus.

Die zwei Stunden Stadtbummel, die er sich vorgenommen hatte, waren schnell vorbei. Nun hieß es, wieder unbemerkt in das Haus hineinzukommen.

Putzikam war schon auf dem Weg, da hörte er die Sirene. Erschrocken blieb er stehen, mit ihm viele andere Menschen. Das hörte sich nach Feueralarm an. Da kamen auch schon die

Wagen der Feuerwehr herangerast. Mit Sirenengeheul bahnten sie sich einen Weg durch den lebhaften Verkehr. Putzikam zögerte nicht lange. Er mußte sehen, wo es brannte. So schnell er konnte, lief er den Wagen, vor allem dem Sirenengeheul nach. Es war kein allzu weiter Weg. Dort, wo die Einfamilienhäuser standen, schon etwas zum Stadtrand hin, strömten die Menschen in hellen Scharen in eine bestimmte Richtung.

Inzwischen war es ganz dunkel geworden. In der Dunkelheit sah man nun auch den Widerschein des Feuers über die Häuser hinweg. Als Putzikam um die letzte, ihn von dem Feuer noch trennende Hausecke bog, blieb er vor Schreck stehen. Das Haus, das da brannte, gehörte Rektor Meinhardt.

Seltsame Gedanken bewegten ihn beim Anblick des Schrecklichen, das er da sah. Zunächst hatten diese Gedanken wenig mit dem Feuer zu tun, das anscheinend die ganze Höhe des einstöckigen Gebäudes erfaßt hatte. Putzikam dachte an die letzte Konfirmandenstunde, in der er eine harte Auseinandersetzung mit dem Pfarrer Balzer gehabt hatte. Der Pfarrer besprach mit den Konfirmanden die Bergpredigt Jesu. Dabei gab es an der Stelle, wo es heißt: »Liebet eure Feinde; segnet, die euch fluchen; tut wohl denen, die euch hassen« vor der ganzen Klasse zwischen ihm, Putzikam, und dem Pfarrer ein heftiges Streitgespräch. Putzikam lehnte diese Worte Jesu, die Pfarrer Balzer erklärte, rundweg ab.

»Kommt ja gar nicht in Frage«, erklärte er. »Meine Feinde sollen froh sein, wenn ich sie in Ruhe lasse, aber – sie auch noch lieben – nee, das geht zu weit! Oder denen etwa noch wohltun, die mich hassen?« Dabei dachte Putzikam unaufhörlich an Rektor Meinhardt, den er aus tiefster Seele haßte.

In diesem Augenblick, beim Anblick des brennenden Hauses, mußte er daran denken. Nur mühsam konnte er ein Gefühl der Schadenfreude unterdrücken.

Putzikam ging näher heran. Da er so klein war, konnte er sich gut zwischen den Menschen hindurchdrängen.

Da standen die Feuerwehrleute und hielten die Schläuche mit den scharfen Wasserstrahlen auf das brennende Haus gerichtet. Der Feuerwehrhauptmann – es konnte wohl niemand anderes sein – sprach gerade mit einem kleinen, laut weinenden Jungen. Das war Thomas, der siebenjährige, den Putzikam von einigen Besuchen im Wichernheim gut kannte.

Er ging näher heran.

In diesem Augenblick hörte er es – das Wimmern, das durchdringend das Reden der Menschen übertönte. Es war mehr ein Schreien eines kleinen Menschen in höchster Not.

Ihm wurde es siedend heiß, als er aus dem Gespräch zwischen dem Feuerwehrmann und dem kleinen Thomas heraushörte, daß dort oben, im ersten Stock des Hauses, in ihrem Körbchen hilflos und verlassen die erst vier Monate alte Hannelore lag. Ja, von dort her kam das Wimmern, das ihm, Putzikam, wie mit einem Dolch ins Herz stach.

»Liebet eure Feinde; segnet, die euch fluchen; tut wohl denen, die euch hassen –« Diese Worte wollten nicht mehr aus seinem Kopf, auch jetzt nicht – oder gerade jetzt nicht bei dem Wimmern des hilflos dem Feuer ausgelieferten Kindes.

»Warum steigt denn niemand hinauf?« sagte er plötzlich zum Feuerwehrhauptmann, der sich verwundert umdrehte und den kleinen Kerl erblickte.

»Du hast gut reden, Junge«, antwortete er. »Wir können leider nicht hinauf. Unsere Leiter funktioniert nicht, und über die Treppe geht es nicht mehr. Es kommt keiner von uns durch, die Decke über dem Aufgang ist heruntergebrochen, jeder von uns würde in dem engen Loch steckenbleiben und vielleicht verbrennen.«

»Ich auch«? fragte Putzikam.

Er wußte dabei selbst nicht recht, daß er diese Frage stellte.

Der Feuerwehrmann wollte lachen, aber dann besann er sich, blickte den Jungen abschätzend an und sagte zögernd: »Ja, wenn ich es recht bedenke – du könntest es vielleicht schaffen.«

Dann aber wischte er seine Worte schnell fort, indem er sagte: »Aber das darf ich nicht zulassen. Wenn dir etwas geschehen würde, käme ich vor Gericht. Deine Eltern würden mich anzeigen.«

»Ich habe keine Eltern!« Mit diesem Einwand schob sich Putzikam weiter nach vorn. »Ich möchte es versuchen. Wir können doch die kleine Hannelore nicht verbrennen lassen.«

Der Feuerwehrmann nickte zu diesen Worten.

Plötzlich faßte er Putzikam bei der Hand und zog ihn näher heran an das Haus. Zugleich winkte er dem einen der Schlauchführer und rief ihm zu, er solle den Strahl des Wassers kleiner stellen.

»Gott sei mit dir, mein Junge!« sagte er zu Putzikam. »Er wird dir beistehen müssen, dann schaffst du es auch.«

Schnell zog man dem Jungen die Jacke aus, auch die Mütze mußte er absetzen und dann wurde er von oben bis unten mit Wasser bespritzt, so daß er augenblicklich klatschnaß war.

Putzikam merkte von dem allem kaum etwas. Er blickte unverwandt nach oben, dorthin, woher das Wimmern immer stärker kam. Dann sah er die Treppe. Der Stufenteil schien noch einigermaßen stabil zu sein, auch wenn da und dort schon die Flammen daran leckten.

Wie kann man nur zwei kleine Kinder solange allein lassen, dachte er, indem er schon die ersten Stufen nahm. Er hatte noch gehört, daß der Thomas sagte, er habe nur ein bißchen Weihnachten spielen wollen.

»Liebet eure Feinde; segnet, die euch fluchen; tut wohl denen, die euch hassen«, laut sprach Putzikam diese Worte vor sich her, während er die Treppe Stufe um Stufe hinaufstieg. Dabei merkte er nicht einmal, daß er sich die Hände versengte und kleine brennende Stücke ihm die Haut verbrannten. Er stieg – nein, er kroch auf allen vieren weiter. Er sah jetzt ein, hier kam kein Feuerwehrmann mehr durch. Nur er, weil er so klein und dünn war, konnte das schaffen.

Endlich stand er oben und konnte sich ein wenig aufrichten, um dem Wimmern besser nachgehen zu können.

Dann stand er in dem Zimmer, sah das Körbchen, erblickte das sich verzweifelt windende kleine Menschenwesen – aber er sah auch die Flammen, die immer näher rückten.

Er mußte trotz des nassen Tuches, das sie ihm vor den Mund gebunden hatten, husten und war wie gelähmt vor dem Grausigen, was sich hier ereignen könnte.

»Putzikam, Putzikam!« Dieses langgezogene angstvolle Rufen, ja Schreien, löste bei ihm endlich die Erstarrung. Er dachte kaum noch darüber nach, daß dies die Stimme von Fräulein Schnelle war. Er packte das Körbchen, trug es zu dem immer kleiner werdenden Treppenspalt, sah die ausgestreckten Hände, die es ihm abnahmen und durch das Loch hindurchzogen und die dann auch ihn herausholten aus dem schrecklichen Feuer.

Erst am nächsten Tag kam Putzikam wieder zu sich. Die Hände, die Füße und das Gesicht dick verbunden, lag er in einem weißen Bett im Krankenhaus. Das erste, was er wahrnahm, war das Gesicht von Fräulein Schnelle, die sich mit Tränen in den Augen über ihn beugte und auch als erste entdeckte, daß er aus der Bewußtlosigkeit erwachte.

»Putzikam«, sagte sie nur, und es lag soviel Liebe in ihrer Stimme, daß es dem Jungen ganz warm ums Herz wurde. Aber dann setzten die Schmerzen ein, und der Arzt gab ihm eine Spritze, die ihn wieder schlafen ließ.

Als Putzikam dann später ganz erwachte, sah die Welt schon ein wenig freundlicher aus. Die Schmerzen waren auch nicht mehr so arg, und der Doktor sagte ihm, daß keine Lebensgefahr bestände, die – Gott sei Dank – auch nie bestanden habe. Er dürfe zum Heiligabend das Krankenhaus bestimmt verlassen. Putzikam wußte gar nicht so recht, ob er das überhaupt wollte. Er fühlte sich ganz wohl in der Betreuung der Schwestern, die den kleinen Helden, von dem in allen Zeitungen gestanden hatte, liebevoll umsorgten.

Aber dann geschah etwas, das Putzikam tief bewegte und ihn um seine Fassung brachte. Er hatte gerade ein kleines Mittagsschläfchen gehalten, als er bemerkte, daß jemand an seinem Bett stand. Zu seinem Erstaunen und beinahe auch zu seinem Entsetzen entpuppte sich dieser Jemand als der Rektor Meinhardt.

Putzikam verschlug es die Sprache, als Herr Meinhardt ihn plötzlich mit »mein lieber Hans« anredete. Er setzte sich auf den Bettrand, strich ganz sacht über Putzikams verbundene Rechte und sagte: »Weißt du, lieber Hans, ich werde dich nie wieder ohne dein Einverständnis Putzikam nennen. Du hast ganz recht, das steht mir nicht zu. Aber eines möchte ich so gern, und mit mir möchten das meine Frau und unser kleiner Thomas, daß du Heiligabend zu uns kommst, damit du das von dir gerettete Schwesterchen siehst, und daß du in Zukunft bei uns zu Hause bist. Unsere kleine Hannelore, die dir ihr Leben verdankt, kann sehr gut einen großen Bruder brauchen. Willst du das, lieber Hans?«

Hans Richter, genannt der Putzikam, wollte es. Dabei dachte er im gleichen Augenblick an die Worte der Bergpredigt, die für ihn so recht eine Weihnachtspredigt geworden waren: »Liebet eure Feinde; segnet, die euch fluchen; tut wohl denen, die euch hassen!«

Der vorletzte Weg

Der Winter hatte in diesem Jahr sehr merkwürdig begonnen. Zunächst fiel unheimlich viel Schnee. Weg und Steg waren bald dick mit dem blendenden Weiß bepackt, und es war mühsam, durch den Wald zu gehen und noch mühsamer, über die Höhen hinweg zum nächsten Ort zu gelangen. Das galt auch für Lengenfeld.

Dann aber wurde es jäh anders. Plötzlich ließ nicht nur der Schneefall nach – er hörte ganz auf –, sondern auch die Kälte verschwand, die für diese Jahreszeit nach Mitte Dezember selbstverständlich schien, und es wurde fast frühlingshaft warm. Das brachte im Hochgebirge viel Gefahren mit sich. Die Leute in Lengenfeld sagten: »Paßt auf, Leut', geht nicht zu hoch in die Berge hinein. Heuer gibt es schon vor Weihnachten Lawinen.«

Wenn der Schorsch Untermoser mit seiner Schwester Angelika zur Schule ging und auf dem Weg bis zur Haltestelle des Postbusses sich mühsam durch den Schnee arbeitete, dann hatte er um sich herum die hohen Berge, die Dreitausender. Wie oft schon sagten sie beide, der 14jährige Schorsch und die 15jährige Angelika, daß sie die schönste Heimat der Welt hätten, denn das Ötztal war etwas Einmaliges.

Sie konnten sich nicht denken, jemals irgendwo anders zu wohnen. Freilich, im Winter war das mit viel Beschwerden verbunden, denn die Untermosers wohnten nicht in Lengenfeld, sondern einige hundert Meter den Berg hinauf im Untermoserlehen, einem alten Familienstammsitz der Untermosers. Vater Untermoser führte hier sein Regiment, wie sein Vater vorher und dessen Vater und der Urahn es schon geführt hatten. Nur Schorsch, der 14jährige, versuchte je und dann aus der Reihe zu tanzen.

Es war an dem Abend vor dem 2. Advent. Beim Abendessen hatte der Untermoser-Bauer den Löffel plötzlich zur Seite gelegt und gesagt: »Morgen geht's hinunter zur Kirche.« Die Frau und Angelika hatten genickt. Die beiden Mägde, die am Tisch saßen, kannten es nicht anders, als daß sie zusammen mit der Familie am Sonntag diesen Weg machten. Aber der Schorsch mußte wieder einmal aufbegehren. »Schon wieder?« sagte er.

Der Untermoser-Bauer sah ihn von der Seite her an und brummte: »Was heißt hier schon wieder? Ich möchte das nicht gehört haben. Außerdem ist morgen der zweite Advent.«

In Schorsch wallte der Zorn auf. Er hatte sich mit einigen Schulkameraden verabredet. Sie hatten sich oberhalb von Lengenfeld eine kleine Schanze gebaut. Auf der wollten sie Springen üben. Die beste Zeit dazu war der späte Vormittag, und nun sollte das alles nicht möglich sein.

»So ein blöder zweiter Advent«, murmelte Schorsch vor sich hin.

Aber da fuhr der Untermoser-Bauer hoch, und ehe es sich der Schorsch versah, hatte er eine sitzen. »Du stehst auf!« sagte er. »Nimm dein Zeug, deine Schulsachen und geh auf dein Zimmer. Da bleibst du bis Montag früh. Ich will dich hier im Hause vorher nicht mehr sehen. Ich hoffe, du wagst es nicht, wenn wir zur Kirche sind, das Haus zu verlassen.«

Schorsch schluckte. Er wußte, wenn der Vater in dieser Tonart sprach, gab es keine Widerrede. Nun hatte er sich etwas eingehandelt, das er bestimmt nicht wollte. Er hing den Kopf, biß die Zähne zusammen, um nicht zu heulen, kramte sein Zeug zusammen und ging nach oben.

Das alles wäre nicht so schlimm gewesen, wenn sein Zimmer sich heizen ließe. Aber es war kalt, bitterkalt. So mollig es in den unteren Räumen des Hauses war, so kalt war es in den Schlafkammern. Doch Schorsch wußte: Das Wort des Vaters galt. Hier half einfach nichts, als sich so bald wie möglich im Bett zu verkriechen und tagsüber bestenfalls mit einer dicken

Decke um die Schultern am Tisch zu sitzen und den Abend abzuwarten.

So brach der 2. Advent an. Ein strahlend schöner Tag kam herauf, ein blitzblauer Himmel mit einigen wenigen föhnigen Streifen. Es war beinahe frühlingshaft warm. Wenn die Sonne stieg, dann würde es oben beweglich und gefährlich werden.

Wenn der Untermoser-Bauer zur Kirche ging, mußte er früh aufbrechen. Schorsch hörte, daß um 6 Uhr krachend die Tür zuschlug.

Ich bleibe nicht hier, dachte er. Da kann der Vater machen, was er will. Ich bleib nicht hier! Irgendeinen Weg nach draußen wird's schon geben. Er zog sich an, tauchte die Hände in das eiskalte Wasser in der Schüssel, fuhr sich damit einmal übers Gesicht und war schon unten in der Wohnstube. Im Hause war es totenstill. Doch soviel Schorsch Untermoser auch Ausschau hielt, es gab keinen Ausstieg. Alle Türen waren von außen verschlossen und verriegelt. Vor die Fenster hatte der Vater die verschließbaren Läden gelegt. Schorsch knirschte mit den Zähnen. Er ging wieder nach oben und riß das Fenster auf, wobei er feststellte, daß die Luft draußen wärmer war als drinnen in der Stube. Er beugte sich weit zum Fenster hinaus. Unten lag der Schnee noch immer fast einen Meter hoch. Auch das föhnige Wetter hatte nicht viel hinwegtauen können. Nur seine Oberfläche war verharscht.

Schorsch überlegte. Drinnen blieb er auf keinen Fall. Er würde es dem Vater zeigen. Sie sollten nach ihm suchen, sie sollten Angst bekommen. Sie sollten verzweifelt sein, und der Vater sollte bereuen, daß er so hart zu ihm war.

Es dauerte nicht lange, da fiel Schorschs Blick auf das Seil, das in der Ecke neben dem Bett lag. Das hatte er am gestrigen Tag gebraucht, als sie eine Tanne herunterschleiften, um sie inmitten des Hofes aufzurichten und mit ein paar Kerzen zu versehen. Dieses Seil knüpfte er am Fensterkreuz fest, probierte, ob es hielt, und dann dauerte es nicht lange, bis Schorsch unten im Schnee stand. Er hatte die dicken Stiefel an den Füßen, die Mütze über die Ohren gezogen und die pelzgefütterte Jacke an. Nun konnte es losgehen. Schorsch wußte auch schon wohin. Er wollte ins Griestal hochsteigen und auf den Fernaugletscher gehen.

Zunächst mußte Schorsch vom Untermoser-Hof einige 100 m hinabsteigen bis kurz vor Lengenfeld, und dann nahm er den Weg in den Wald und hinauf nach Gries. Es ging steil bergan. Als er endlich die Höhe und das kleine Hochtal erreicht hatte, war ihm heiß, und er war außer Atem. Schorsch blickte sich um. Inzwischen war es ganz hell geworden. Die Sonne kam hinter den Dreitausendern zum Vorschein. Von hier oben hatte er einen herrlichen Blick: Ein Stück in das Ötztal hinein, hinauf nach Obergurgel und zu den Gletschern. Er sah, wie sich hinter der Wand der östlichen Berge der Sonnenball hervorschob.

Schorsch nahm wieder den Weg unter die Füße und schritt auf Gries zu. Dort aber, ganz am Ende des kleinen Örtchens, richtete sich gerade der alte Vater Umleitner in seinem Bett hoch, streckte vorsichtig die Füße raus und fischte nach den Pantoffeln. Er hing sich die Jacke über und schlurfte zum Fenster. Vater Umleitner wohnte ganz allein. In seinem kleinen Häuschen, ganz am Ende des Ortes, störte ihn kaum einer. Nur im Sommer, wenn die Fremden durchkamen, die es wagten, auf den Gletscher zu steigen, geschah es dann und wann, daß jemand an seine Tür pochte und um einen Trunk Wasser oder um ein Glas Milch bat. Die einzige Kuh, die der Umleitner noch hielt, gab genügend her.

Heute genoß Vater Umleitner den herrlichen Blick, der sich ihm bot, denn soeben kam drüben hinter den östlichen Bergwänden die

Sonne hervor. Er trat etwas vom Fenster zurück, um das wunderbare Bild wie in einem Rahmen zu genießen. Dabei schüttelte er den Kopf: Was war das doch für ein Wintertag, warm wie im beginnenden Frühling. Gefährlich in den Bergen! Er glaubte es unter dem meterhohen Schnee tropfen und zischen zu hören. Wehe dem, dachte er, der dort hinauf oder gar in den Gletscher einsteigt. Er hatte die Krücke, die er gebrauchen mußte, nur leicht unter den Arm gelehnt und stand so und schaute in die Bergwelt hinaus.

Plötzlich traute Vater Umleitner seinen Augen nicht. Da kam doch ein Mensch aus dem Dorf heraus. Ein junger Mensch, ein Junge. Er wischte sich über die Augen und versuchte zu sehen. Aber da sein Haus etwas abseits vom Weg stand und seine Augen nicht mehr allzu gut waren, konnte er nur an den Umrissen erkennen, daß es ein Junge war, vielleicht so an die 14 Jahre alt. Ja, wo ging denn der hin? Dem Umleitner wurde es bange zumute. Der Weg, wenn er hier hinausging, führte durch die Gatter hindurch, über die Almwiesen hinweg und zum Gletscherabbruch. Ja und dann?

Während er noch so stand und überlegte, was zu tun sei, um diesen jungen Menschen von solchem gefährlichen Weg abzuhalten, war der schon vorüber. In seiner Unruhe begann

Vater Umleitner sich hastig anzuziehen. Das war mühsam. Er konnte nur immer eins nach dem andern tun, immer wieder die Krücke gebrauchend oder sich vorsichtig auf dem Bettrand niederlassend. Die alten Füße taten kaum noch den Dienst. Aber eins wußte er: Hier mußte irgend etwas verhütet werden.

Unterdessen stieg Schorsch weiter das Tal hinauf. Nun hatte er auch das letzte Haus hinter sich. Er wußte, dort hinten wohnte der alte Vater Umleitner. Mit seiner einzigen Kuh und zwei, drei Ziegen fristete er sein Leben. Er hatte ihn schon oft besucht im Auftrag des Vaters und der Mutter und ihm ein Brot oder auch mal ein Hühnchen gebracht. Alle sorgten sie für den Vater Umleitner.

Schorsch richtete seine Gedanken wieder voraus. Vor sich sah er die steile Masse des aufragenden Gletscherabbruchs. Gewaltige Felsbrocken türmten sich und bildeten eine kleine Barriere über das Tal hinweg. In dieser Barriere stürzte der Gletscherbach hinab, mit seinem Tosen das obere Tal erfüllend. Ganz sicher war er in diesem Jahr schon einmal festgefroren gewesen. Jetzt aber rauschte das Wasser und zeigte an, daß es unter Schnee und Eis lebendig geworden war.

Es dauerte nicht lange, da stand Schorsch

unmittelbar vor dem Abbruch und suchte mit seinen Blicken den Weg durch die Steine nach oben. Der Weg war markiert und im Sommer gut begehbar, aber jetzt im Winter, mit Eis und Schnee überzogen, nicht ungefährlich. Einen Augenblick kam Schorsch Untermoser der Gedanke, umzukehren. Aber dann dachte er an den gestrigen Abend und an die harten Worte des Vaters, und daß er es einmal zeigen wollte, wie er schon auf eigenen Beinen stand und seinen Weg gehen konnte. Dabei suchten seine Augen nach dem Einstieg in den Gletschersturz.

Es ging besser, als Schorsch gedacht hatte. Bald war er in der halben Höhe und hielt schnaufend an. Wenn er auch das letzte Stück hinter sich brachte, dann befand er sich auf dem Gletscher und hatte ein weites flaches Feld vor sich, ein Eisfeld mit dickem Schnee überzogen.

Inzwischen stand die Sonne höher am Himmel, so daß es hier oben zwischen den hochragenden Felswänden warm wurde, viel wärmer, als für diese Jahreszeit gut war. Schorsch zog für einen Moment die Jacke aus, aber zog sie schnell wieder über; denn der von den Felswänden herunterkommende Wind ließ ihn frieren. Er stieg rasch weiter, Meter um Meter in die Höhe, sich immer wieder einmal umschauend und den Blick auf die herrliche Bergwelt genießend. Alles lag tief verschneit, übergoldet von der hochkommenden Sonne, in ein blitzendes Weiß gehüllt.

Und dann stand er oben. Vor ihm lag das weite Feld des Gletschers. Sicher einige hundert Meter breit und sich weit in die Höhe hinaufziehend. Hier war er dicht unter den Dreitausendern.

Schorsch überlegte. Er wollte es heute erzwingen, bis an das Ende des Gletschers zu kommen – ganz auf die Höhe. Von da aus mußte er sie dann sehen, die Stubaier Berge, den Scharnkogel, dessen Spitze er schon von hier erkennen konnte, und dahinter den Zugriegel, die Dreieinhalbtausender, die die Bergwelt beherrschen.

Schorsch schritt voraus. Einen Stock hatte er bei sich. Er setzte ihn kräftig auf, um zu spüren, ob der Schnee hielt und darunter nicht Unsicherheiten oder gar Spalten sich auftaten. Ja, die Gletscherspalten, die machten ihm ein wenig Sorge. Aber wenn er sich hart am Rand der Felswände hielt, konnte im Blick auf die Spalten wohl weniger Gefahr sein. So stieg er weiter.

Dabei kamen ihm immer wieder die Gedanken an den Vater, an die Mutter, an die Schwester. Gedanken an den Pfarrer, der gerade in der letzten Unterrichtsstunde etwas davon gesagt hatte, daß es sehr bald geschehen kann, daß ein Mensch in einer Grenzsituation steht und irgendwo an das Ende eines Weges gerät. War er, der Schorsch Untermoser, hier am Ende eines Weges? Nein! Hier sicher noch nicht. Erst ganz da vorne, da oben, wo der Gletscher zu Ende war und die letzte Wand vor ihm aufragte.

Dies war kein letzter Weg. Vielleicht ein vorletzter? Schorsch wehrte die Gedanken ab und schritt voran.

Doch dann geschah es. Es kam so jäh und so unheimlich in die atemlose, atemberaubende Stille der hohen Bergwelt hinein, daß Schorsch bis ins Mark getroffen zusammenfuhr. Ein ungeheurer Knall ertönte über ihm, über seinem Kopf. Entsetzt blickte Schorsch nach oben, und da sah er das Furchtbare. Etwa fünfhundert Meter über ihm hatte sich aus der obersten Spitze der Felswand ein gewaltiger Felsblock abgelöst, ein haushoher Block. Und der stürzte geradewegs auf ihn herunter. Es konnte nur Sekunden dauern, dann würde ihn dieser Block zerschmettern.

Jäh durchfuhr es Schorsch. In diesen Tagen, da in die gefrorenen Felsspalten die Sonne hineinstach und das Eis zum Quellen und zum Explodieren brachte, da riß es oft solche Blöcke aus dem Felsen heraus. Das geschah normalerweise nur im Frühjahr. Aber war es nicht fast wie Frühjahr? Solche Gedanken durchzuckten Schorsch in winzigen Bruchteilen von Sekunden, und es war, als zöge sein ganzes bisheriges, nur 14 Jahre dauerndes Leben an ihm vorbei, bis hin zum gestrigen Abend.

Längst lag er im Schnee, verzweifelt beide Hände über den Kopf haltend und das Ende erwartend. Und dann brach um ihn die Hölle los. Links und rechts, vor ihm und hinter ihm und seitlich von ihm wuchteten gewaltige Felsmassen in den Schnee und in das Eis des Gletschers hinein.

Ganz plötzlich umgab ihn wieder Stille. Es war so still, daß Schorsch meinte: Das ist die Stille des Grabes, die Stille des Todes. Aber nach einiger Zeit wurde ihm kalt, und er richtete sich vorsichtig auf. Nun sah er, was geschehen war. Sein Blick in die Höhe zeigte ihm die Felsnase, den riesigen Vorsprung, der aus der Felswand herauswuchs, der den Sturz dieses ungeheuren Felsbrockens aufgehalten, ihn zerbrochen und nach allen Seiten hatte auseinanderspringen lassen. Nun lagen diese Felsmassen um ihn herum zerstreut, und nicht eine hatte ihn getroffen.

Schorsch war tief erschüttert. Mein Gott, dachte er, und dann sagte er laut: »Lieber Gott, ich danke dir!« Er richtete sich vorsichtig auf. In diesem Augenblick schien es ihm, als sei er um einige Jahre älter geworden. Er griff nach seinem Stock, drehte sich um und wußte nur eins: Ich muß so schnell wie möglich hinunter, zurück zum Vater und ihn um Verzeihung bitten.

So marschierte er einfach quer über den Gletscher in Richtung Abbruch, in Richtung Tal.

Da traf ihn das Zweite: Mitten im Dahinschreiten blieb plötzlich das Augenlicht weg. Eine absolute, tiefe Finsternis breitete sich um ihn aus. Schorsch griff erschrocken zum Kopf. Danach sofort in die Tasche und wurde jäh von einem Gedanken durchfahren: Meine Schneebrille habe ich vergessen. Ich bin schneeblind. So stand er mitten auf dem Gletscherfeld und brachte keinen Schritt mehr vor noch zurück.

Als der Untermoser mit seinen Angehörigen nach Hause gekommen war, sah er die Bescherung. Der Strick hing noch am Fensterrahmen und wurde im leichten Wind hin und her bewegt. Die Mutter schrie entsetzt auf, und Angelika fing an zu weinen. Der Untermoser aber wischte alles zur Seite. Er fuhr die Tochter an: »Los, lauf runter nach Lengenfeld. Hol die Männer zusammen!« Angelika lief schon. Sie wußte genau, wer gemeint war. Die Bergführer, die in Lengenfeld wohnten.

Nicht lange danach waren sie alle beisammen. Der Sepp, der Rainer, der Georg, der Wastel und er selber, der Untermoser. Es gab nur eine kurze Beratung. Die Spuren waren zu eindeutig. Sie gingen quer über das Feld dem kleinen Pfad nach, oberhalb von Lengenfeld, in den Wald hinein, und hier nahmen sie sichtbar den Kurs hinauf in das Griestal.

Dieser Weg wurde dem Untermoser zur Qual. Wo war der Junge hin? Warum hatte er das getan? Wen wollte er in Gries besuchen? Aber so viel sie auch fragten, von Haus zu Haus, niemand hatte den Jungen gesehen. Schon wollte man umkehren, da kam einer von ihnen, der Wastel, auf den Gedanken, sie müßten noch beim Vater Umleitner nachhören.

Der Umleitner aber kam ihnen auf dem Weg entgegen gehumpelt. Er wäre schon längst im Dorf gewesen, wenn er nicht gleich hinter seinem Haus gestürzt wäre. Die Krücke war ihm zerbrochen. Auf allen vieren war er ins Haus zurückgekrochen und hatte zwei andere Krücken geholt, die er dort zur Reserve hatte. Und nun humpelte er vorsichtig, Schritt für Schritt, den glatten Weg hinunter ins Dorf. So sahen ihn die Männer.

»Ja, das kann er gewesen sein, euer

Schorsch«, sagte er zum Untermoser. »Und da ist er hinauf.«

»Um Gottes willen«, sagte einer der erfahrenen Bergführer. »Wenn er auf den Fernaugletscher ist bei diesem Wetter – Untermoser, da gehen die Gletscherspalten auf, Gott sei ihm gnädig!«

In höchster Eile marschierten die Männer zum Felssturz. Einer von ihnen hatte das Seil abgewickelt, und einer nach dem anderen hatte sich in das Seil eingehängt. Eine ganze Seilschaft stieg hinauf und in den Gletscher ein. Und dann sahen sie ihn. Mitten auf dem Schneefeld stand er, beide Hände über den Augen, nicht fähig, auch nur einen Schritt weiterzugehen.

Er hörte sie kommen, aber da rief ihm auch schon der Untermoser zu: »Um Gottes willen, Schorsch, bleib stehen, geh keinen Zentimeter weiter!«

Das, was die Männer sahen, sträubte ihnen die Haare zu Berge. Der Junge stand unmittelbar vor einem weit geöffneten Felsspalt, der ihn in eine grausige Tiefe gerissen hätte. Es dauerte lange, ehe sie um den Felsspalt herum waren und den Jungen greifen konnten. Und es dauerte wieder eine Weile, ehe Schorsch sehen konnte und dann mit einer Brille vor den Augen sich den Männern anschloß.

Vater Untermoser sah seinen Jungen lange an, aber er sagte nichts. Er nahm ihn fest an die Hand und zog ihn mit sich.

Am Abend sah man sie beide zum Abendgottesdienst absteigen, hinunter nach Lengenfeld. Die Glocken läuteten das Tal heraus. Es fing wieder an zu frieren. Der Himmel überzog sich mit dicken Wolken. Sie schritten scharf voran. Dann endlich waren sie vor dem kleinen Kirchlein.

Der Abendgottesdienst hatte bereits begonnen. Orgel und Gesang tönte heraus. Die beiden nahmen die Mützen ab, klopften den Schnee von den Füßen, traten ein und setzten sich leise in die letzte Bank. Bald darauf sprach der Pfarrer. Er sagte vom 2. Advent und davon, daß einer gekommen sei, dem Herrn den Weg zu bereiten. Aber noch wichtiger sei es, daß man selbst dabei wäre, dem kommenden Herrn den Weg klarzumachen. »Bereitet dem Herrn den Weg.« Das fuhr dem Schorsch mitten ins Herz hinein. »O Gott«, stöhnte er vor sich hin, »es hätte der letzte Weg sein können.«

Da drückte ihm der Vater fest die Hand, rückte zu ihm und sagte leise: »Dank dem Herrn, es war dein vorletzter Weg! Einer von den vorletzten. Den letzten hat allein Gott in seiner Hand.«

Das bewegte Herz

Wer mir gesagt hätte, man könnte sich in den Harzbergen verlaufen, den hätte ich ausgelacht. Doch mir ist das selbst passiert. Dabei war ich nicht einmal allein, sondern mit mir waren mehr als 30 Jungen im Alter von 12 bis 16 Jahren. Und so trug es sich zu:

Zwischen Weihnachten und Neujahr fuhren wir nach Ilsenburg, in das kleine Städtchen, das am nordöstlichen Harzrand liegt. Wir hatten vor, einige Tage zu bleiben und eine Wanderung quer durch den Harz über die Berge hinweg zu machen. Dabei ging es um eine Skiwanderung, denn alle Jungen waren recht gute Skiläufer. Das bedenkliche war nur: Es gab einige sehr zarte Burschen unter uns, denen man nicht allzuviel zutrauen durfte.

Wir verbrachten die Tage in der dortigen Jugendherberge. Silvester rückte näher. Eines abends saßen wir beratend beieinander. Meine beiden Helfer redeten mir zu. Sie sprachen von einem Plan, den die Jungen ausgeheckt hätten. Wir wollten statt am Tage bei Nacht über den Harz hinweg nach Altenau in die dortige Jugendherberge wandern. Zunehmender Mond stand am Himmel, und die Nächte waren sehr hell. Es müßte eigentlich wundervoll werden.

Ich habe mich sehr lange gesträubt. Mir war bewußt, daß dies eine mehrstündige, recht anstrengende Tour war. Ich war mir nicht ganz sicher, ob sie alle gut durchhalten würden. Aber dann gab ich nach, und so machten wir uns am nächsten Tag, am Vorabend vor Silvester, auf den Weg.

Die langgestreckte Kolonne wurde von mir selbst angeführt. Dahinter kam die Reihe der Skiläufer, die sich ins Dunkel hinein ausdehnte. Zwischendrin lief einer meiner Helfer, und den Schluß machte wieder einer von ihnen. Sie hatten nicht nur ihre Skier vorwärts zu bewegen, sondern zogen jeder auch einen Rodelschlitten hinter sich her. Darüber hinaus hatten zwei der kräftigsten Jungen noch einen weiteren Rodelschlitten mitzuziehen. Der Aufstieg ging gut und flott. Es war hell, nicht nur vom Himmel her, von dem der Mond heruntergeschien, sondern auch der Schnee gab ein wunderbares geheimnisvolles Licht. Um uns herum stand der Wald in tiefem Schweigen. Die Zweige der Bäume hingen tief von der Last des Schnees – eine weiße geheimnisvolle Pracht.

Wir kamen rasch voran. Trotzdem blieb ich ab und zu stehen, um die Jungen aufrücken zu lassen und um nach dem Himmel zu sehen. Irgendwie kam es mir dort oben nicht ganz geheuer vor. Der Mond hatte seit geraumer Zeit einen Hof. Wolkenschleier zogen auf. Ich trieb zur Eile an. Bald mußten wir ja die Höhe erreicht haben, und dann ging es auf einer Art Hochplateau fast eben ein Stück weiter, bis wir wieder in Täler und Schluchten hinabsteigen mußten.

Kurz nach Mitternacht hatten wir die Höhe erreicht. Die letzte Strecke des Weges hatte keiner von uns mehr auf das Wetter geachtet. Mir kam es zwar vor, als sei es trotz der größeren Höhe dunkler geworden. Aber auch ich hatte nicht mehr zum Himmel hinaufgesehen; denn der Weg forderte alle Kräfte.

Nun standen wir oben, und plötzlich bemerkten wir – es schneite. Zunächst noch ganz sacht, hier und da vereinzelte Flocken, die bei unseren Jüngsten Entzücken hervorriefen. Die Taschenlampen suchten mit ihren weißen Kegeln das Spiel der Flocken einzufangen, und ein kleiner Wirbel, den ein Windstoß verursachte, gab ein alle erheiterndes Schneegestöber ab. Doch bald verging uns das Lachen. Der Schneefall wurde dichter, und uns kam es trotz des dichter werdenden Schneefalls vor, als sei es kälter geworden.

»Los, Jungs«, mahnte ich, »wir wollen weiter. Wir sind naßgeschwitzt und holen uns etwas, wenn wir nicht in Bewegung bleiben. Auch läuft uns die Zeit weg. Es wird immer dunkler. Vom Mond ist nichts mehr zu sehen.

Es ging also weiter durch den Schnee und den immer dichter werdenden Schneefall. Bald wußte man nicht mehr, wo man hinschauen sollte. Doch ich war mir meines Weges gewiß. So wie wir liefen, mußte die Richtung stimmen. Leider stimmte sie nicht. Wir merkten es bald. Als wir dann das erste Mal im Kreis gelaufen waren, packte uns gelindes Entsetzen. Aber meine Jungen ahnten nichts. Nur die Helfer und ich bekamen Herzklopfen. Hier oben im Bergwald sich verirren, bei diesem schaurigen Schneefall, etwa gar ermüden und nicht mehr weiterkommen – das war kaum auszudenken. Immer wieder ließ ich aufrücken, immer wieder mußten wir die Jüngsten, die auf den Schlitten saßen, rütteln, daß sie nicht einschliefen.

Ein Uhr war längst vorüber. Es ging stark auf zwei zu. Wieder einmal hielt ich an. Lieber Gott, dachte ich, laß uns einen Ausweg finden! Was soll aus den Kindern werden? Die Verantwortung drückte mich schwer. Plötzlich ein Schrei: »Hier ist ein Wegweiser!« Doch als wir hinkamen, stellten wir fest, daß er abgebrochen war und daß leider auch die Pfeile, die die Richtung angaben, in dem Sturm zersplittert waren, der den Wegweiser abgeknickt hatte. Die jähe Freude war umsonst. Weder Karte noch Kompaß nützten uns etwas.

Wir hatten uns so verbiestert, daß allein Ratlosigkeit übrigblieb.

In dieser Not war es ein Auto, das uns erlöste.

Ohne daß wir es ahnten, standen wir dicht neben einer Straße. Der tiefe Schnee hatte alles überdeckt und auch alle Straßenmarkierungen verschüttet. Das Auto kam langsam die Höhe herab, und noch ehe wir es hörten, erblickten wir die Strahlen seiner Scheinwerfer, die durch den Wald spielten. Wir haben das Auto angehalten und erhielten vom Fahrer die so dringend notwendige Orientierung. Nun hatten wir endlich wieder den richtigen Weg unter den Füßen. Die letzten eineinhalb Stunden waren angefüllt mit Vorwürfen. Ich war innerlich so stark bewegt, daß ich kaum noch antworten mochte, wenn mich die Jungen etwas fragten.

Endlich waren wir in der Jugendherberge. Wir konnten uns aufwärmen und dann unter die Decken kriechen. Langsam ließ das heftige Klopfen meines Herzens nach. Ich faltete die Hände und sagte dem Dank, der uns zur rechten Zeit mit dem Auto den Wegweiser geschickt hatte. Aber ich konnte nicht einschlafen. Mir ging noch viel durch den Kopf. Plötzlich stand mir etwas vor Augen, was vor vielen Jahren geschehen war und was damals mein

Herz und die Herzen meiner Freunde erschüttert hatte.

Ich war 16 Jahre alt, als wir einen neuen Lehrer bekamen. Er gefiel uns. Er war zwar ernst und verlor selten ein unnützes Wort. Vom ersten Augenblick an hatten wir den Eindruck: Dieser Mann versteht uns. Mit dem konnte man mehr reden, als nur über die Aufgaben der Schule. Es war ein merkwürdiger Mensch. Wie wir erfuhren, stand er im 32. Lebensjahr, doch hatte er bereits schneeweiße Haare. Zunächst wunderte uns, was an diesem Mann so seltsam war, bis uns bewußt wurde, daß glänzendes Weiß sein Haupt bedeckte. Wir haben viel darüber gesprochen, und es dauerte lange, ehe einer von uns den Mut fand, ihn vor der Klasse danach zu fragen. Unser weißhaariger junger Lehrer schüttelte den Kopf: »Heute nicht, Jungs«, sagte er. »Ich dachte mir schon, daß ihr fragen würdet. Vielleicht kommt der Augenblick, wo ich davon erzählen kann.«

Die Stunde kam. Es war der letzte halbe Vormittag vor den Weihnachtsferien. Unser Lehrer kam wie immer schnellen Schrittes in die Klasse. Auf unseren Gruß hin winkte er ab, ging zum Katheder, auf dem damals noch der Tisch und der Stuhl für den Lehrer standen, setzte sich und sagte: »Nun will ich euch erzählen, wonach ihr mich gefragt habt; denn ihr könnt euch denken, daß meine weißen Haare nicht von ungefähr kommen. Ihr habt ja schon mitgekriegt, daß ich ein Bastler bin. Jede freie Stunde, die ich habe, bin ich mit einer Werkarbeit beschäftigt. Zunächst geschah das in meiner Wohnung, aber bald ließ sich das nicht mehr durchführen.

Ich wohnte in einem alten Mietshaus. Die Wohnung war eng. Meine Frau, wir sind jung verheiratet gewesen, war mitunter nicht sehr begeistert, wenn ich in der Wohnung mit dem Werkzeug hantierte. So kam ich auf den Gedanken, den Hauswirt zu fragen, ob ich nicht einen der leerstehenden Keller benutzen dürfte. Er erlaubte es. Ich zog mit meiner Bastelei in den Keller und werkte dort in meinen freien Stunden. Mit dem Keller war nicht viel los. Er war dunkel, notdürftig von einer Glühbirne erhellt. Ich nahm mir vor, ihn langsam etwas besser einzurichten. Aber da mein Anfangsgehalt nicht sehr hoch war, konnte dies nur Stück für Stück geschehen.

Eines Tages stand ich wieder unten. Es war an einem unterrichtsfreien Tag. Ich benutzte ihn, um an meiner kleinen Werkbank, die inzwischen im Keller stand, zu arbeiten. Meine Frau war verreist und würde erst zum Abend wieder zurücksein. Da geschah es: Während ich an einem Stück herumschnitt, rutschte das

Messer ab und fuhr mir in die Hand. Es war nicht so sehr der Schmerz, aber es blutete recht heftig. Ich leckte das Blut ab, aber es blutete immer wieder. Weil ich nicht in die Wohnung hinaufgehen wollte – mir schien dies verlorene Zeit zu sein –, nahm ich ein Taschentuch heraus. Wie das so geht: Das Taschentuch entglitt meinen Händen, fiel auf den Boden, und als ich es suchte, geriet ich noch einmal mit dem Fuß daran und schob es ein Stück unter die Heizungsrohre. Dann endlich hatte ich es, schüttelte es etwas ab und wickelte es um die Hand. Ich wußte nicht, daß ich mir den Tod um die Hand wickelte, den Scheintod – den Starrkrampf. Ein Teil jener Rohre, unter die es gerutscht war, waren Bleirohre – eine Niststätte für den Starrkrampfbazillus. Ich weiß nicht mehr sehr viel. Irgendwann am Nachmittag mitten im Werken, wurde mir übel. Ich setzte mich hin. Dann muß ich vom Hocker heruntergerutscht und auf den Boden gefallen sein, und dort habe ich bewußtlos, starr und steif gelegen, immer steifer werdend, und wußte es nicht.

Als am späten Abend meine Frau heimkam, suchte sie mich zunächst in der Wohnung, dann bei Freunden und Bekannten, und erst danach fiel ihr Blick ganz zufällig auf das Schlüsselbrett neben der Tür. Da sah sie, daß der Kellerschlüssel fehlte. Sie lief sofort hinunter und fand mich dort auf dem Fußboden liegen – starr und steif und tot. So glaubte sie. Aber ich war ja nicht tot – jedoch tief bewußtlos. Der Arzt kam noch in der Nacht. Er stellte fest, es seien keine Herztöne mehr zu hören – ich wäre tot. Es sei sogar schon die Leichenstarre eingetreten. So wurde ich dann im Zimmer aufgebahrt.

Das Entsetzliche dabei war – ich war doch nicht tot! Ich konnte mich nur nicht regen, kein Glied rühren, nichts bewegen. Aber aus meiner Bewußtlosigkeit war ich durch den Transport nach oben zu mir gekommen. Ich hörte alles, aber ich sah nichts. Ich konnte alles vernehmen, aber ich konnte nichts reden. Ich konnte mich nicht rühren, kein Lebenszeichen von mir geben. Es war entsetzlich! Bald kam der Gedanke: Was soll nur werden, wenn der Arzt morgen früh den Totenschein ausstellt und man mich...? Ich mochte nicht weiterdenken – ich war entsetzt und verzweifelt.

In dieser furchtbaren Not gingen mir alle möglichen Gedanken durch den Kopf. Mir fiel ein, wie es Weihnachten vor einem Jahr war. Da hatten wir gerade geheiratet. Wir verlebten die ersten Weihnachten miteinander. Meine Frau nahm mich mit in die Kirche in den Weihnachtsgottesdienst. Ich lachte hinterher und machte mich lustig über die frommen Gesichter, über ihr Singen und über die Predigt, die mir nichts gegeben hatte. Nur ein Wort war irgendwie in mir haftengeblieben, und das machte mir ganz offensichtlich besonderen Spaß. Es war das Wort, über das der Pfarrer gepredigt hatte, ein Wort aus der Weihnachtsgeschichte. Er las es auf der Kanzel noch einmal vor. Es knüpft da an, wo die Hirten vom Feld in den Stall von Bethlehem kommen und Maria und Josef und das Jesuskind finden und von ihrem Erlebnis auf dem Feld bei Bethlehem erzählen. Da heißt es: ›Maria aber behielt alle diese Worte und bewegte sie in ihrem Herzen‹. Darüber mußte ich auf dem Heimweg lachen. Wie kann so ein Blödsinn ein Menschenherz bewegen, sagte ich zu meiner Frau. Sie war darüber sehr traurig. Sie hatte mich sehr lieb, konnte aber nicht verstehen, wie ein Mensch über diese Dinge spotten kann.

Als ich jetzt so starr und steif auf meinem Totenbett lag, kam mir das alles in den Sinn. ›... bewegte sie in ihrem Herzen‹ – ja, nun bewegten mich in meinem Herzen diese Worte, diese Geschichte und mein ganzes Erlebnis. Würde Gott mich in die Grube fahren lassen? Würde er zulassen, daß die Männer kamen, mich einsargten, den Sarg zunagelten, und daß man mich auf dem Friedhof in die Erde senken würde? Es war entsetzlich! Ich hätte schreien mögen und konnte doch keine Bewegung vollführen!

Am nächsten Tage kamen sie – die Männer. Sie brachten den Sarg. Der Arzt stellte den Totenschein aus, aber er muß es kopfschüttelnd getan haben, denn ich konnte hören, wie er sagte: ›Merkwürdig, Ihr Mann sieht noch so lebendig aus.‹ Nun, damals hatte man noch nicht die Mittel, die man heute anwendet, um den Tod eines Menschen festzustellen. Sie legten mich in den Sarg. Meine Frau aber sagte, und das konnte ich hören: ›Ach bitte, macht nicht zu. Er soll bis morgen noch offen stehen.‹ Ich hätte sie für diese Worte umarmen mögen, aber ich konnte es nicht. Ich wußte nur: Morgen war es aus. Morgen würde man den Sarg schließen, und zu Weihnachten war ich dann wirklich tot.

Nun, daß ich nicht beerdigt worden bin, das seht ihr«, sagte unser Lehrer mit den weißen Haaren.

»Am anderen Morgen, als die Not am größten war, schrie ich innerlich, aber nicht irgend etwas, denn niemand hätte mich hören können. Ich schrie in meinem Herzen zu Gott, aus einem Herzen, das Gott bewegt hatte. Knapp eine Stunde, bevor die Männer kamen, um mich endgültig einzuschließen für die letzte

Dunkelheit, gelang es mir in größter innerer Erregung, einen Finger zu bewegen. Meine Frau, die in diesem Augenblick das Zimmer betrat, sah es. Sie schrie laut auf.

Sofort stürzte sie zum Arzt und bat ihn, herüberzukommen. Ich habe hinterher gehört, daß sie unaufhörlich ausrief: »Mein Mann lebt, er hat sich bewegt.« Sie brachten mich ins Krankenhaus. Erst jetzt erkannte man den Starrkrampf. Ich erhielt Tetanus und kam in intensive Behandlung. Daß ich heute vor euch stehe, Jungens, ist ja schließlich der Beweis dafür, daß man mich nicht beerdigt hat.

Als ich aber wieder aufstehen konnte und das erste Mal in einen Spiegel blickte, hatte ich schneeweißes Haar.«

An das alles mußte ich denken, als ich dort in der Jugendherberge in Altenau schlaflos auf dem Bett lag, noch erschüttert von unserem Verirrtsein, aber bewegt und dankbar, daß wir uns nun in der Geborgenheit dieses Hauses befanden.

Die seltsamen Christbäume

Es war am Morgen des Heiligen Abend, und es war in jener Zeit, an die man heute nicht mehr gern denkt. Der Krieg lag bereits in seinen letzten Zügen, denn man schrieb Weihnachten 1944.

Was immer auch sich zugetragen haben mag, es ist unangenehm, heute daran zu denken, und darüber hinaus ist es vielen unbequem. Doch auch unter den Umständen, in denen wir in jener Zeit leben mußten, gab es mancherlei, was wert ist, berichtet zu werden.

Damals lag er, der Helge Norden, als Unteroffizier in Halle an der Saale, dem alten Städtchen mit seinen modernen Randgebieten und den großen Kasernenkomplexen. An der Saale, an deren hellem Strande einst – wie es das Lied beschreibt – Burgen stolz und kühn standen. Jetzt waren nicht nur ihre Dächer verfallen, sondern auch die Dächer vieler Städte und Dörfer an ihrem Flußlauf. Bomben, Luftminen hatten das bewirkt. Die Flugzeuge der anderen, die ihre Christbäume an den nächtlichen Himmel setzten.

Wir hatten gehofft, es könnte ein friedlicher Heiliger Abend werden.

Auch Helge Norden dachte dies. Er konnte seine Frau und seine Kinder nicht besuchen, denn andere, ältere Kameraden, waren vor ihm dran, an diesem Heiligen Abend bei den Ihren zu sein. So hatte er sich, ehe die Einteilung heraus war, freiwillig für den Heilig-Abend-Dienst in der Kaserne gemeldet.

Helge Norden kam aus dem Osten. Von Anfang an mußte er den Krieg in Rußland mitmachen. Er hatte viel Furchtbares gesehen. Er hatte aber auch den russischen Menschen hinter den Linien im besetzten Land kennengelernt. Einen gutmütigen Menschen, in dessen Innerem zwar auch die Wildheit eines Asiaten schlummerte, der aber gern gastfreundlich und oft genug auch zutraulich war. Dann hatte eine Verletzung allem ein Ende bereitet. Helge Norden war ins Lazarett gekommen, hatte viele Monate stilliegen müssen und war dann ohne längeren Heimaturlaub nach Halle in die Heeresnachrichtenschule als Unteroffizier und Ausbilder verlegt worden.

Nun tat er an diesem Heiligen Abend Dienst. Helge Norden zog die Jalousien an den Fenstern herunter, um sie sorgfältig zu verdunkeln. Dann erst schaltete er die kleine Lampe über dem einfachen Holztisch ein, auf dem ein Telefon stand, das Meldebuch und das Telefonverzeichnis lagen. Er ging hinüber zum Schrank, nahm das Koppel heraus, schnallte es um, stülpte den Stahlhelm über den Kopf und ging mit langsamen, gemächlichen Schritten zur Tür. Draußen blieb er einen Augenblick stehen. Es war eine frostklare, kalte Nacht. Es lag wenig Schnee. Irgendwie wirkten in dem weiten Kasernengelände alle Geräusche gedämpft, fast still, sogar feierlich.

Helge Norden trat in die Mitte des Hofes vor dem Stabsgebäude. Er blickte um sich, an den Fronten der grauen Häuser entlang. Alles war dunkel, vorschriftsmäßig verdunkelt. Nirgends fiel ein Lichtschein heraus. In der Dunkelheit huschten an ihm Schatten vorbei, spät Ausgehende, die noch irgendwo ein Plätzchen erreichen wollten, um mit Freunden oder Bekannten zu feiern. Helge Norden blickte hinauf zum Sternenhimmel. Ob sie heute auch wieder kommen, dachte er, in dieser Heiligen Nacht, an diesem Heiligen Abend 1944? Vorgestern waren sie erst da und hatten in der Nähe das große Chemiewerk bombardiert. Die Brände waren bis in den anderen Tag hinein zu sehen. Dichte Rauchwolken wälzten sich über die ganze Gegend hinweg.

Wieder blickte Helge zum Himmel hinauf. Er war klar. Sterne funkelten aus fernen Welten herunter. Heilige Nacht, dachte Norden, und dabei wanderten seine Gedanken zur Frau und zu den Kindern in den fernen Bergen des Harzes. Ob sie wohl bald die Lichter am Christbaum entzündeten? Ob sie mit den Alten zusammen die Lieder der Weihnacht sangen? Helge schüttelte sich und fröstelte. Er ging zurück in die Wachstube.

Ein solcher Dienst als UvD (Unteroffizier vom Dienst) in der Nacht des Heiligen Abend war eine triste Sache. Helge nahm sich ein Blatt Papier vor und versuchte zu schreiben. Es sollte ein Brief an seine Frau werden. Aber schon nach wenigen Zeilen setzte er ab, legte den Stift beiseite und stützte den Kopf in die Hand. Um ihn herum war es still. Kaum ein Kamerad war auf einer der Stuben, in den grauen langgestreckten Kasernengebäuden. Wer nicht heimfahren durfte, suchte die Stadt auf. Nur nicht hierbleiben in diesem grauen Mauerloch Kaserne, in der hilflosen Kahlheit der Stuben mit ihren mehrstöckigen Betten!

Helge blickte sich in der Wachstube um. Sie war nicht besser als die anderen. Dort in der Ecke stand das Bett, auf das er sich nach einer gewissen Zeit legen durfte. Er durfte sich hinlegen, mußte aber immer bereit sein, auf jedes Geräusch, auf jedes Alarmsignal hin aufzuspringen. Dazwischen waren auch die Runden zu machen. Vom Keller bis zum Dachboden und auch auf das Dach hinaus, um zu sehen, ob in dem weiten Komplex der Kaserne alles in Ordnung war.

Helge blickte wieder vor sich hin und dann in den Lichtschein der kleinen Lampe über dem Tisch. Dieses Licht erinnerte ihn an die Weihnachtslichter, die jetzt überall entzündet würden. Das Licht hier war gelb und trübe und brachte keine Wärme. Die Kerzen in den Stuben würden auch in diesem Kriegsjahr ein wenig Wärme bringen. Auch in diesem Jahr würde es Kinderaugen geben, die aufleuchteten, wenn die Geschenke auch immer karger wurden und das Weihnachtsessen oft sehr dürftig ausfiel.

Helge griff zu dem Buch, das an einer Ecke des Tisches lag. Ein kleines, braunes Büchlein. Zumeist hatte er es in der Tasche der Uniformjacke. So war es mit ihm gewandert durch Polen, durch Rußland und wieder zurück nach Deutschland. Sein kleines Neues Testament. Er schlug das Weihnachtsevangelium auf, Lukas 2. Da stand die uralte Weihnachtsgeschichte, und sie begann wie immer: »Und es begab sich zu der Zeit...«

In diesem Augenblick ertönte die Sirene. Der auf- und abschwellende Heulton ging Helge Norden wie immer durchs Herz. Er erschrak, schlug das Buch zu, steckte es in die Jackentasche, schloß den Knopf, griff nach dem Koppel und schnallte es sich um, stülpte den Stahlhelm auf den Kopf und lief hinaus. Noch war alles dunkel. Aber den Ton der ersten Sirene hatten indessen die anderen Sirenen aufgenommen. Es heulte wild und lange, aufschwellend und abschwellend – es heulte, daß es einem durch Mark und Bein ging.

Und dann vernahm er die ersten Flugzeuggeräusche. Ein dumpfes, fernes Grollen setzte ein. Es wurde immer deutlicher, es kam näher. Und da stand er mit einem Mal am Himmel, der erste Christbaum. So hatten sie diese Dinger genannt, die die Superfestungen der anderen an den Himmel setzten, um darunter das Gelände zu erkennen und abzugrenzen, wohin sie die furchtbare Saat ihrer Bomben zu werfen hatten.

Jetzt waren es schon zwei, dann fünf, und bald leuchtete eine ganze Reihe dieser entsetzlichen Christbäume mit ihrem kalten Licht vom Himmel herab. Langsam sanken sie tiefer, und neue Wellen der Bomber brachten neue Christbäume.

Inzwischen war im ganzen Kasernengelände die Alarmsirene vernehmbar geworden. Helge Norden lief durch die Gänge, kontrollierte die Stuben, jagte in den Keller und stelle fest, daß alle, die sich im Gebäude aufhielten, auch im Keller versammelt waren. Dann nahm er einen Kameraden mit, postierte ihn oben an der Dachluke, damit er das Gelände beobachten konnte, und lief selbst wieder hinunter auf den Kasernenhof.

Bald setzten die ersten Detonationen ein. Aber sie kamen nicht aus dem Bereich der Stadt. Ihr Dröhnen kam von fern her und wirkte wie ein dumpfes Gewittergrollen, nur viel stärker – wie zehn ferne Gewitter zusammen. Der Himmel rötete sich. Feuerschein leuchtete auf. Wiederum nicht über der Stadt, sondern von irgendwo weiter draußen. Sie mußten das Werk getroffen haben, das Leunawerk. Vielleicht auch die Stadt, die ganz in seiner Nähe lag, Merseburg.

Die armen Menschen, dachte Helge Norden, die armen Menschen! Das ist ihr Weihnachten! Während ihre Christbäume in den Stuben in Flammen aufgingen, brannten die anderen Christbäume oben am Himmel. Eine schreckliche Weihnacht! Mord, Tod und Brand statt Frieden und Freude – und den Menschen ein Wohlgefallen? War das Weihnachten? Statt der Geburt des Kindes, des Christus der Welt, Geburt von Schrecken, Angst, Verzweiflung. Geburt immer neuer Tode in immer neuen Formen – zerrissen, zerfetzt, verbrannt, verwirrt, wahnsinnig!

Der Unteroffizier Norden blickte zurück. Das Telefon hatte geklingelt. Mit ein paar Schritten lief er in die Wachstube hinein, nahm den

Hörer ab und meldete sich. Die Stimme des Hauptmannes befahl ihm, sofort Alarm zu geben, Alarm für den ganzen Kasernenbezirk. Alle, die sich in den Häusern befanden, hatten sofort anzutreten mit Stahlhelm, etwas Verpflegung und Spaten und Hacken. Mit einem »Jawohl« hängte Norden auf.

Das übliche. Nun ging es wieder los, um denen zu helfen, die es getroffen hatte. Norden gab die Alarmzeichen. Er sorgte dafür, daß alle aus den Häusern herauskamen und sich so schnell wie möglich im Hof versammelten. Schon kamen die ersten Lastwagen. Sie wurden besetzt, und dann jagte die Kolonne in scharfem Tempo zum Kasernentor hinaus.

Je weiter sie durch die Stadt und dann hinauskamen, um so stärker rötete sich der Himmel, um so greller durchzuckten ihn die Brände, die irgendwo im Hintergrund tobten. Das Werk mußte es schwer getroffen haben. Aber auch die Stadt Merseburg hatte es abbekommen. Norden war froh, als er bemerkte, daß die Fahrt nicht auf die Tore des Werkes zuging, sondern in die Stadt hineinführte. Er wußte, hier lagen Frauen und Kinder unter den Trümmern. Hier waren unschuldige Menschen eingeschlossen, Menschen, die mit dem Kriegsgeschehen nichts zu tun hatten, die hofften und harrten, bangten und beteten, daß ihnen in dieser Heiligen Nacht das Leben zurückgegeben würde.

Auf einem der Plätze hielt die Kolonne. Einige Kommandos erschallten. Gruppen wurden aufgestellt und eingeteilt. Norden übernahm auch eine und marschierte los. Gleich vor ihm brannte es lichterloh. Ein Haus, von einer Luftmine halb wegrasiert, hatte nachträglich Brandbomben bekommen. Nun brannte es in den stehengebliebenen Stockwerken. Nichts im ganzen Haus rührte sich. Alles schien vernichtet zu sein. Schon wollte Norden mit seinen Leuten vorbeilaufen. Da hörte er ein ganz feines langgezogenes Wimmern. Eine hohe, verzweifelte Kinderstimme. Norden blieb stehen.

»Los, Karl«, sagte er, »da, der Eingang, die Kellertreppe.« Die Männer rannten hinüber. Alles war verschüttet. Mit wuchtigen Schlägen versuchten sie, die Trümmer beiseitezuräumen. Äxte und Schaufeln taten ihre Arbeit. Immer neue Brocken rückten nach. Das Wimmern wurde lauter und dann wieder schwächer. Um Gottes willen, dachte der Unteroffizier, ein Kind, vielleicht gar mehrere Kinder, vielleicht eine Mutter mit ihren Kindern! Wieder hörte er das Wimmern. Endlich hatten sie die schweren Brocken, die den Eingang verdeckten, weggeräumt. Zwei Männer stürzten die Kellertreppe hinunter. Da kam ihnen Wasser entgegen. Um Gottes willen, nur das nicht! Nur nicht wieder ein Keller voller Menschen, in dem diese wie Ratten ertrunken waren – und das heute in der Heiligen Nacht!

Norden drängte die anderen beiseite. Er stürzte in den dunklen Gang hinein. Da war die Decke durchgebrochen. Ein riesiges Gewirr versperrte den weiteren Weg. Norden heulte auf wie ein Tier, denn hinter diesem Gewirr war das Wimmern zu hören. Aber es wurde leiser und leiser. Da, jetzt hörten sie es, die Männer, die in die Dunkelheit hineinliefen – das Rufen einer Frauenstimme, angstvoll, verzweifelt, irgendwie erstickt: »So helft mir doch, helft doch, um Gottes willen, erbarmt euch meiner Kinder! Hilfe, Hilfe!«

Die Männer durchschauerte es. Mit aller Gewalt warfen sie sich den Trümmern entgegen. Sie arbeiteten, daß das Blut unter ihren Fingernägeln herausspritzte. Sie achteten nicht darauf, daß Brocken sie verletzten. Sie wühlten und wühlten – und dann endlich gab es ein Loch, und aus diesem Loch schoß ein dicker Wasserstrahl hervor.

»Wir müssen durch, wir müssen durch!« Es war Nordens Stimme, der die Kameraden anfeuerte. Ein großer Steinbrocken versperrte ihnen den Weg. Fünf Mann zerrten daran. Er wollte nicht nachgeben. Voller Wut warfen sie sich noch einmal dagegen – und noch einmal. Da, die Decke gab nach. Ein Schrei! Einem der Kameraden war das Bein eingeklemmt zwischen zwei mächtigen Brocken. Mühselig befreiten sie ihn. Er humpelte zum Ausgang zurück. Aber der Weg war frei. Da, ein Bretterverschlag. Sie rissen die Tür auf, und da stand diese Frau. Auf dem linken Arm ein Kind, auf dem rechten Arm ein Kind. Bis zur Brust reichte das Wasser. Die Haare hingen ihr herunter. Mit entsetzten, weit aufgerissenen Augen starrte sie den Rettern entgegen.

Es war eine furchtbare Nacht, diese Heilige Nacht 1944. Und doch war es eine Nacht, in der acht Männer glücklich waren – jene acht der Gruppe Norden, die die Frau mit den beiden Kindern retten konnten. Sie betteten sie auf einen ihrer Lkw's und fuhren sofort an einer der noch erhaltenen Kliniken vorbei. Sie brachten sie unter, notierten ihren Namen, die Namen der Kinder, die sie unaufhörlich streichelten und die jeder der Männer einmal an sein Herz drückte. Dann fuhren sie zurück zur Kaserne.

Gegen Morgen saß Norden wieder an seinem Tisch in der Wachstube. Soweit er hörte, hatte es viele Tote in der leidgeprüften Stadt Merseburg gegeben. Noch immer brannte es, noch immer war der Himmel gerötet, aber die Christbäume, diese entsetzlichen Christbäume, waren längst erloschen. Aufschluchzend stützte Norden den Kopf in die Hände. Heilige Nacht 1944, dachte er, und 1945? Wird es dann zu Ende sein? Wird Frieden sein? Werden die Menschen wieder miteinander leben können? Werden sie aus diesem Entsetzlichen und Furchtbaren gelernt haben? Wird es wieder Heilige Nächte geben, in denen die Frohe Botschaft und nicht Mord und Tod herrschen?

Norden wischte sich die Tränen aus den Augen. Er blickte sich in dem dunklen Zimmer um. Dabei fiel sein Blick auf das Büchlein, das er vorhin aus seiner Brusttasche genommen hatte. Er streichelte über den Einband. In diesem Augenblick wußte er, und es war ihm ganz deutlich, wie viele seiner Kameraden dachten: Wenn es einen Gott und diesen Jesus Christus gibt, der in der Heiligen Nacht geboren und zu den Menschen gekommen sein soll, dann könnte all das Schreckliche doch nicht sein! Dann müßte ein Gott, der als der Barmherzige gepriesen wird, das alles verhindern.

War es so? Langsam schüttelte Norden den Kopf. Wieder streichelte seine Hand über das Büchlein, über sein Neues Testament. Nein, allen Menschen, die guten Willens sind, denen galt die Botschaft der Heiligen Nacht zum Frieden auf Erden. Waren sie denn guten Willens? Haben sie nicht geschrien, daß sie lieber Kanonen statt Butter wollten? Hatten sie all dem Entsetzlichen letzten Endes nicht Vorschub geleistet? Viele sicher unwissend und so, daß sie die Konsequenzen nicht übersehen konnten. Aber sie waren stumm denen gefolgt, die sie verführten. Nun tobte der Mord auch in der Heiligen Nacht.

Norden knipste das Licht aus, und er ging, wie er war – ohne Koppel, ohne Stahlhelm – die paar Schritte bis zur Tür hinaus. In der Ferne leuchtete der Feuerschein. Aber über ihm funkelten noch immer die Sterne, und er glaubte das Singen derer zu hören, die aus der Höhe gekommen waren: »Friede auf Erden den Menschen, die guten Willens sind«.

Ach Gott, dachte der Unteroffizier dort in der Dunkelheit auf dem Hof der grauen Kaserne, öffne du doch die Herzen für deine Botschaft, daß sie willens zum Frieden sind und laß sie endlich den Krieg und all das Morden verdammen. »Lieber Herr, ich bitte dich: Gib, daß es nie mehr solche schrecklichen Christbäume dort oben gibt!«

Endlich zu Hause

Wolfgang stand am Fenster seines Zimmers. Er blickte hinüber auf die Berge, auf den verschneiten Wald und hinunter auf die im Tal liegende Stadt. Aus den Schornsteinen stieg blau-weißer Rauch in die kalte Winterluft. Er vereinigte sich aus den vielen Kaminen zu einer kleinen Dunstwolke, die, aus der Höhe gesehen, alles in ein geheimnisvolles Zwielicht rückte. Tief unten auf den Straßen gab es Schneematsch und da und dort Glatteis. Hier oben aber war es warm und heimelig hinter den dicken Mauern.

Nun war Wolfgang schon ein Jahr im Jugenddorf. Er wußte, daß er in dieser Zeit erstaunliche Fortschritte gemacht hatte. Während seine Kameraden noch oft ihre Not mit der deutschen Sprache haben, kann er sich gut verständigen. Manchmal glauben ihm andere nicht, daß er erst ein Jahr in der Bundesrepublik ist.

In dieser Stunde wanderten Wolfgangs Gedanken viele tausend Kilometer nach Osten zum heimatlichen Dörfchen, das jetzt bestimmt unter meterhohem Schnee begraben lag. Was enthielt doch alles dieses eine Jahr! Nicht nur den Weg herüber nach Deutschland, sondern auch – und das mußte er ja annehmen – die endgültige Trennung von seiner geliebten Mutter. Vergeblich hatten sie gehofft, sie vor der Umsiedlung wiederzusehen, sei es auch nur, um ihr ein letztes Lebewohl sagen zu dürfen. Aber die Ferne, in die sie gewaltsam entrückt worden war, blieb stumm. Rußland war groß und Sibirien weit. So waren sie denn aufgebrochen, der Vater, er und die alte Großmutter, die nicht zurückbleiben mochte. Sie hatte immer vor sich hingemurmelt und es auf dem Transport viele hundert Mal wiederholt: »Ach, nun komme ich doch nach Deutschland zurück, und dann möchte ich heimgehen, dann kann ich ruhig sterben!«

Fünf Jahre waren es nun her, daß sie die Mutter abholten. Er, Wolfgang, würde es nie verstehen können. Des Nachts kamen sie. Kein Aufschrei, kein Betteln, kein Weinen hatte genützt. Und das Verbrechen, das die Mutter begangen hatte? Nichts anderes, als die Gemeinde geleitet zu haben anstelle des Pastors, den man schon vor Jahren abgeholt hatte.

Wolfgang wußte, daß der Vater sehr oft gemahnt hatte. Er war in der nahen Stadt im Betrieb wiederholt verhört und gewarnt worden. Er solle seiner Frau dieses staatsgefährdende Tun verbieten. Wolfgang wußte, daß der Vater dazu niemals in der Lage gewesen wäre, denn auch er war ein Christ, nur daß ihm die

Sprache nicht so zu Gebote stand wie der Mutter.

Wolfgang drehte sich um. Sein Stubenkamerad war hereingekommen. Er nickte ihm nur wortlos zu und blickte in die sinkende Dämmerung. Es begann zu schneien. Wieder mußte er an das heimatliche Dörfchen denken. Wenn es dort schneite, dann fiel der Schnee so dicht, daß man kaum einen Meter weit sehen konnte. Hier aber war der Schnee nichts als ein unwillkommenes Hindernis für den Verkehr und ein oftmals nur schwacher Trost für die Kinder, die auf ihn warteten.

Wieder kam ihm die Mutter in den Sinn. Ob sie noch lebte? Wer konnte Sibirien ertragen – die Kälte, den Hunger, die Härte der Arbeit? Sie haben die Mutter als Tote beweint. 20 Jahre Zwangsarbeit waren ein Todesurteil. Fast 40 Jahre alt war die Mutter, als er, Wolfgang, zur Welt kam; und er wurde in diesen Tagen 17 Jahre alt.

Im großen Speisesaal war zu Abend gegessen worden. Wolfgang und sein Stubenkamerad Fritz gingen zurück, um sich's noch für ein Stündchen gemütlich zu machen. Plötzlich schrillte ein hartes Glockenzeichen über den Hof und durch die Flure der alten Gebäude. Wolfgang zuckte zusammen. »Fritz, Alarm!

Der Unfallwagen muß ausrücken!« Schon rannte er los.

Nur wenige Minuten hatten die Jungen Zeit, sich fertig zu machen, die Uniform anzuziehen und alles Nötige zu ergreifen. Unten im Hof lief bereits der Motor des Wagens. Sie sprangen hinein, und schon ging's den Berg hinunter. Die Sirene wurde eingeschaltet, das Warnlicht geisterte durch den Schneefall. Bald waren sie unten. Sie jagten über den Marktplatz und durch die nächtlichen Straßen hinaus zur Bundesstraße. Da sahen sie schon die kleine Menschenansammlung.

In einem Halbkreis umstanden die Menschen, die dort zusammengelaufen waren, eine Frau, die am Boden lag. Der Wagen hielt mit kreischenden Bremsen. Die Unfallhelfer sprangen heraus. Der Jugendleiter, der die Gruppe leitete, kletterte vom Führerstand des Wagens herunter, eine Trage wurde herausgeholt und neben die am Boden liegende Frau gestellt.

»Mein Gott«, sagte einer von ihnen. Die Umstehenden verstanden es nicht, denn er hatte russisch gesprochen. In der Sprache, die ihm noch oft genug über die Lippen kam, wenn es um eine unmittelbare, schnelle Äußerung ging. »Mein Gott, seht euch die Frau an!«

Ganz sicher mußte die am Boden Liegende ein Wagen erfaßt haben. Vermutlich war er auf der glatten Straße ins Schleudern gekommen. Er hatte die Frau ein Stück mitgeschleift und sie dann hier an der Seite wie abgelegt liegengelassen. Das Gesicht war blutverschmiert, der rechte Arm offensichtlich gebrochen, ein Bein lag seltsam angewinkelt.

»Vorsicht, Jungs«, sagte der Jugendleiter, »die Frau kann innere Verletzungen haben. Wir schieben sie erst auf ein Tuch, und dann heben wir sie auf die Trage.

Wolfgang lief und holte das Tuch aus dem Wageninnern. Sie breiteten es über dem Schneematsch aus und schoben die Frau Meter für Meter darauf. Dann hoben sie sie vorsichtig an, spannten das Tuch und schoben die Trage darunter. »Sieh nur«, sagte Richard, »die Frau ist schneeweiß. Sie muß wohl schon sehr alt sein.«

Wolfgang horchte kaum hin. Er stand schon am Kopfende der Trage und packte an.

Da hielt ein weiterer Wagen am Straßenrand. Der Unfallarzt stieg aus. »Augenblick, Jungs«, sagt er, »laßt mich erst mal sehen, was eigentlich los ist.«

Der Arzt hatte nicht lange zu tun. Hier konnte er nichts anderes als den Jungen zunikken, die Trage in den Unfallwagen zu schieben.

Die Schwester, die mitgekommen war, stieg mit ein und setzte sogleich das Beatmungsgerät in Gang. Dann ging die Fahrt zum Krankenhaus.

Der nächste Tag war ein Sonntag. Manche der Jungen gingen zum Gottesdienst, auch Wolfgang.

Jetzt lief er mit Richard und dem langen Heinz nach Hause. Plötzlich blieb Heinz stehen. Er sah Wolfgang an und fragte: »Was ist mit der Frau? Habt ihr euch nach ihr schon umgesehen?«

Wolfgang schüttelte den Kopf. »Es liegt noch keine Nachricht vor«, sagte er. »Aber vielleicht fahren wir am Nachmittag mal rüber zum Krankenhaus.«

Später, nach dem Essen, saß Wolfgang wieder an seinem Lieblingsplatz am Fenster. Er sah nach draußen. Der Schneefall hielt noch immer an. Die Dächer waren mit neuem Weiß überzogen, und frühe Lichter gaben allem einen festlichen Glanz. Die Dunkelheit der dicken Wolken versprach eine baldige Nacht.

Ach Vater, dachte Wolfgang, warum mußt du mich dieses erste Weihnachten in dem mir noch fremden neuen Heimatland allein lassen? Es war ein harter Schlag, als er erfuhr, daß der Vater, der als Monteur in einem Stahlwerk arbeitete, ausgerechnet 14 Tage vor Weihnachten nach Thailand fliegen mußte. Sie haben dort große Maschinen aufzustellen. Vor Mitte Januar war er nicht zurück.

Großmutter hatten sie vor vier Wochen beerdigt. Sie konnte zufrieden die Augen schließen. Nun war sie ja in der alten Heimat. Und Mutter? In welchem Teil Sibiriens mochte sie wohl sein? Vergeblich hatten sie versucht, ihren Aufenthaltsort zu erfahren. Die Behörden gaben keine Auskunft. Der Vater hatte sich schließlich damit abgefunden. Aber er, Wolfgang, konnte es nie. Irgendwie sagte ihm sein Herz, daß die Mutter noch lebte und ihn mit ihren Gedanken über so viele tausende Kilometer hinweg suchte.

Wolfgang hielt in seinem Gedankengang inne.

Aber nein, das konnte die Mutter doch gar nicht wissen. Wer sollte ihr in der sibirischen Steppe Nachricht geben, daß sie längst in Deutschland waren?

Der einzige, der ins Krankenhaus mitkam, war Richard. Die anderen hatten inzwischen eine bessere Beschäftigung gefunden. Viele waren auch losgezogen, um kleine Weihnachtseinkäufe auf dem Weihnachtsmarkt zu tätigen, der auch heute, am Sonntag, sein Leben und Treiben entfaltete.

Es war kein weiter Weg hinüber zur Kreisstadt, aber der Schnee machte es schwer, mit dem Fahrrad voranzukommen.

Als sie beide vor dem Krankenhaus anlangten, dampften sie. Wolfgang hatte die Kette mitgenommen und schloß beide Räder an einem Haken vor dem Eingang an. Dann gingen sie zur Pforte.

Plötzlich blieb Wolfgang stehen. »Weißt du, wie die Frau heißt?« fragte er Richard.

Der zuckte die Schultern. »Nein«, sagte er. »Ich habe mich nicht darum gekümmert.«

Wolfgang trat an das Fenster heran, hinter dem die Pförtnerin saß. Er erzählte von dem Unfall, beschrieb die Frau und die Einlieferungszeit am Vortage. »Ja«, nickte die Pförtnerin, »ich kann Ihnen das Zimmer sagen. Aber ob Sie mit ihr sprechen können, weiß ich nicht. Übrigens«, sie blickte den Jungen aufmerksam an, »ich habe den Eindruck, die Frau kann wenig oder gar kein Deutsch.« Sie rief einer anderen Schwester zu, die gerade vorbeiging und bat sie, die beiden Jungen mitzunehmen.

So kamen Richard und Wolfgang auf die Station. Dann standen sie vor einer Glastür. »Sie müssen einen Augenblick warten«, sagte die Schwester. »Hier fängt die Intensivstation an. Ich muß erst den Arzt fragen, ob Sie zu der Frau dürfen.«

Es dauerte eine ganze Zeit, bis sie zurückkam. Dann winkte sie den beiden zu, ihr zu folgen.

Als sie in das Zimmer traten, war es bereits ein wenig dämmrig. In der Ecke stand eine Lampe, die mit einem Tuch verhangen war, um die im Bett liegende Frau nicht zu blenden. So konnten die beiden Jungen vom Gesicht der dort Liegenden kaum etwas erkennen. Nur eins sahen sie: Die Frau hatte die Augen weit geöffnet, und Richard war es, der es zuerst bemerkte, daß diese Augen immer größer wurden.

Wolfgang sagte, was man so sagt, wenn man an das Bett einer Schwerverletzten tritt. Er überbrachte Genesungswünsche vom ganzen Jugenddorf, besonders aber von der Johanniter-Gruppe. Er hoffte, daß sie zu Weihnachten wieder herauskäme und bei ihren Lieben sein könnte.

Er merkte gar nicht, daß ihn Richard schon zum zweiten Mal anstieß.

Erst jetzt wurde er aufmerksam. »Was ist?« sagte er leise.

»Sieh doch«, erklärte der andere. »Die Frau bewegt ihre Hand, und schau nur ihre Augen.« Nun sah sich auch Wolfgang die Frau etwas näher an. Er bemerkte ihre schneeweißen Haare, sah das mit Falten durchzogene

Gesicht, soweit unter den Verbänden davon überhaupt etwas frei war. Er blickte auf den einen Arm, der eingegipst war und den anderen, dessen Hand unruhig auf der Decke hin und her fuhr und immer wieder hochstreckte, als wollte er etwas zum Ausdruck bringen. Die Lippen der Frau bewegten sich, aber die Jungen vernahmen kein Wort.

Richard stieß den Freund an. »Geh doch einmal näher ran«, sagte er leise. »Ich denke, die Frau möchte etwas sagen.«

Die Schwester, die von der Zimmertür her die beiden beobachtet hatte und dabei die Frau unverwandt ansah, kam herbeigelaufen, noch ehe Wolfgang sich über sie beugen konnte. »Frau Anna«, sagte sie, »wollen Sie etwas sagen? Haben Sie einen Wunsch?« Sie drehte sich zu den Jungen um und erklärte: »Wir wissen nur, daß sie Anna heißt. Gestern konnte sie uns ihren vollen Namen noch nicht nennen, und heute hat sie fast nur geschlafen.«

Als Wolfgang diesen Namen hörte, ging es ihm seltsam durchs Herz. »Anna«, murmelte er. Mein Gott, Mutter hieß auch Anna! Mit einem Ruck schob er die Schwester zur Seite und beugte sich tief über die Daliegende. Er sah ihr in die Augen, und plötzlich kam ein jähes Erkennen über ihn. »Mutter«, sagte er, »Mamutschka!«

Da ging es wie ein Leuchten über das Gesicht der zerschundenen Frau. »Mein Junge!« Ihre beiden Finger tasteten nach seiner Hand und packten sie ganz fest. »Mein Junge, nun bin ich zu Hause!«

Erst später erfuhren sie Näheres. Ja, Frau Waschewska war zu 20 Jahren Zwangsarbeit in Sibirien verurteilt worden. Aber nach knapp sechs Jahren kam ganz plötzlich, wie das in Rußland oft ist, ein anderer Befehl. Sie wurde begnadigt. Ein Wunder in den Augen der Frau – ein Wunder in den Augen der anderen. Damit begann eine entsetzliche Wanderung. Im heimatlichen Dörfchen konnten sie ihr nur sagen: Die sind nach Deutschland! Wo, wußten sie nicht. Die Behörden gestatteten ihr die Ausreise. »Geh zu deinem Mann, Töchterchen«, war das letzte, was ihr der Grenzsoldat nachrief. Das andere taten dann die deutschen Behörden. Und nun war sie zu Hause.

Das geschenkte Leben

Da stand er nun, Bernhard Krüger, die Hände tief in den Taschen seines Anoraks vergraben, weil er fror. Bernhard fror so sehr, daß er am ganzen Körper zitterte.

Bernhard Krüger, den seine wenigen Freunde Berni nannten, war beinahe vierzehn Jahre alt. Wenn man ihn aber so sah, besonders jetzt, da er frierend vor dem Schaukasten des evangelischen Gemeindehauses stand, hielt man ihn bestenfalls für zwölf. Er war klein und beinahe zierlich. Sein schmales Gesicht wurde von dunklem Haar umrahmt, das er zum Ärger seines Heimleiters recht lang trug. Die Schuhe an seinen Füßen waren nicht mehr die besten. Aber Herr Meister – das war der Heimleiter der Internatsschule, zu der er gehörte – meinte, sie müßten noch einige Zeit aushalten, denn der Scheck seiner Eltern wäre schon lange überfällig.

Berni fror, und das nicht nur äußerlich. Berni war einsam. Von Anfang an hatte er keinen rechten Kontakt zu den anderen Jungen und Mädchen gefunden. Er sehnte sich danach. Die Wärme einer Mutter und eines guten Vaters fehlten ihm schon seit Jahren, seitdem die Eltern nach Südamerika gegangen waren. Dort konnte der Vater einen bedeutenden Posten im

Werk einer deutschen Firma einnehmen. Die wenigen Briefe, die Berni erhielt, kamen dem Jungen kalt und lieblos vor. Er suchte immer wieder nach einem guten Wort darin. Ihm war es, als haben ihn die Eltern abgeschrieben. Sie hatten anderes, vielleicht besseres zu tun, als an ihren Sohn zu denken.

Ohne daß Berni es merkte, rollten ihm ein paar Tränen die Wangen herunter. Verstohlen wischte er sie mit dem Ärmel des Anoraks fort.

Da legte sich eine Hand auf die Schulter des Jungen.

»Suchst du etwas?«

Die Stimme hatte einen vollen und guten Klang. Bernhard Krüger drehte sich um und blickte auf. Er mußte aufblicken, denn der Mann, der hinter ihn getreten war, hatte sicher die Länge von fast zwei Metern.

»Ich suche nichts«, antwortete Berni leise.

Damit wollte er sich wieder der Straße zuwenden
und weitergehen.

»Doch, du suchst etwas, ich sehe es. Auf jeden Fall suchst du ein bißchen Wärme. Ist ja auch kein Wunder. Es sind schon wieder über sechs Grad Kälte.«

Der Mann hielt ihn am Arm und verhinderte, daß Berni gehen konnte.

»Wer sind Sie?«

Bernhard Krüger ließ sich auf keinen Fall einschüchtern oder gar so einfach einvernehmen.

Der Fremde ließ ihn sofort los, deutete so etwas wie eine knappe Verbeugung an und sagte: »Ich bin Pfarrer Stücker, und das hier ist unser Gemeindehaus. Gleich fängt ein Gemeindenachmittag für unsere älteren Gemeindeglieder an. Willst du nicht mit hineinkommen? Ich könnte ein wenig Hilfe gebrauchen. Meine Frau ist krank geworden, und die Frau unseres Hauswartes ist nicht gerade mehr die flinkste. Bitte, komm mit, das heißt, wenn du kannst und willst.«

Berni sah sich den Mann etwas genauer an. Er stellte fest, daß der Mensch ihm gefiel. Außerdem sah er gar nicht nach einem Pfarrer aus. Und Zeit hatte er auch – Zeit bis zum Abendessen. Da Berni noch immer fror, nickte er und ging neben dem Pfarrer hinein.

Auf diese Weise kam Bernhard Krüger in das evangelische Gemeindehaus zu einem Alten-Nachmittag, zu Pfarrer Stücker und – ja, dieses »und« wurde dann sehr entscheidend.

Als Berni kurz vor sieben Uhr wieder ins Internat trabte, war ihm nicht nur äußerlich warm. Er mußte sich eilen, denn in Sachen Pünktlichkeit verstand Herr Meister keinen Spaß.

Beim Laufen dachte Berni an die vergangenen zwei Stunden, an den schönen Saal, die weißgedeckten Tische, die brennenden Kerzen darauf, an den Duft von Kaffee und Kuchen und an die vielen guten Worte, die er gehört hatte. Berni hatte tüchtig geholfen.

Die Hauswartsfrau war wirklich nicht mehr die flotteste. Berni hatte schnell begriffen, wo er zupacken und helfen konnte. Dafür war ihm die Frau von Herzen dankbar. Das verspürte er auch an dem großen Kuchenpaket, das sie ihm mitgab.

»Für dich und deine Freunde im Internat«, sagte sie.

Das beste aber, das er an diesem Nachmittag kennenlernte, waren die Engels, Walter Engel und seine Frau Martha. Ein bißchen wunderte sich Berni, daß die Engels zu diesem Kreis gehörten, denn soweit er das schätzen konnte, waren sie beide höchstens anfang der sechziger Jahre. Herr Engel stand bestimmt noch im Berufsleben, was man von den vielen anderen Anwesenden wohl kaum sagen konnte.

Die Engels hatten es ihm gleich angetan.

Berni konnte nicht wissen, daß ihn der Pfarrer mit Absicht bei den Engels plazierte, als es ans Zuhören ging, was die Flötengruppe des Jugendkreises vortrug und der Pfarrer selbst sagte.

Bernhard Krüger wußte im Heimlaufen auch noch nicht, daß die Engels keine Kinder hatten und daß sie den Jungen nach den ihnen zugeflüsterten Worten des Pfarrers vom ersten Augenblick an wie ein Enkelkind ansahen.

Als sich Berni verabschiedete, sagte Walter Engel: »Wir würden uns sehr freuen, wenn du uns bald einmal besuchen kämst. Weißt du, wir sind nämlich ganz allein. Wir haben hier in der Stadt niemand, der zu uns gehört. Du würdest zwei älteren Leuten wie uns ein wenig Leben ins Haus bringen.«

Und dann gab Herr Engel dem Berni die Adresse, und Pfarrer Stücker, der herzugetreten war, nickte Berni fröhlich zu.

»Laß dich nicht vergeblich einladen, Junge«, sagte er. »Du hast mir ja vorhin ein wenig davon erzählt, wie einsam du bist.«

Als sich dies alles begab, war es Februar. Schon Ende März war Bernhard Krüger bei den Engels zu Hause, und es dauerte auch nicht lange, da sagte Herr Engel eines Tages: »Weißt du, Berni, du solltest nicht immer ›Sie‹ zu uns sagen. Sieh mal, wir haben keine Kinder und keine Enkelkinder. Sag doch einfach Oma und Opa zu uns. Wir würden uns sehr freuen, und wir denken, du vielleicht auch ein wenig.«

Als Berni in jenen Tagen auf der Straße

Pfarrer Stücker traf und ihm davon berichtete, redete ihm der Pfarrer zu. »Du solltest das tun, Berni. Es tut dir gut und unsern Engels auch.«

Aber schon bald mußte Berni etwas feststellen, was ihn sehr bekümmerte. Als er einmal, ohne daß es vorher verabredet war, zu den Engels kam, merkte er, daß Opa Engel stark getrunken hatte. Berni erschrak sehr und Oma Engel auch.

Der Opa selbst bekam davon in seinem Zustand kaum etwas mit. Was Berni aber noch mehr erschütterte, war die Veränderung im Wesen des sonst so gütigen, ja gutmütigen Mannes. Opa Engel war laut und aggressiv. Immer wieder beschimpfte er seine Frau. Als Berni das nicht mehr mit anhören konnte und seiner Empörung Ausdruck gab, wurde der Mann so böse, daß Berni fluchtartig die Wohnung verließ.

Hinterher tat es ihm leid, denn er machte sich Gedanken, wie es wohl der Oma ergangen sei.

Darüber vergingen zwei Wochen. Berni hütete sich, noch einmal unverhofft zu den Engels zu gehen. Es war wieder wie früher. Beide, Oma und Opa Engel, waren lieb zu ihm und gaben ihm das Gefühl, hier ein wenig zu Hause zu sein.

Inzwischen hatte Berni auch in der Jugendgruppe der Gemeinde Fuß gefaßt. Vor allem die

Laienspielschar war es, die es ihm angetan hatte.

Eines Abends – es war spät geworden, denn sie hatten ein Spiel sehr lange geprobt – wanderte Berni durch die Dunkelheit dem Internat zu. Herr Meister, dem Pfarrer Stücker Bescheid gesagt hatte, war damit einverstanden, daß er ab und zu später heim kam.

Auf dem Heimweg mußte Berni durch den Stadtpark laufen. Das war nichts Außergewöhnliches, denn die Dunkelheit wurde durch gut plazierte Parklaternen ausreichend erhellt. Berni hatte bereits mehr als die Hälfte des Parks durchlaufen, da sah er auf einer etwas abseits stehenden Bank einen Menschen sitzen. Er blieb stehen, denn der dort Sitzende hing halb über die Banklehne hinaus, so daß er bestimmt irgendwann herunterfallen würde. Von weitem sah es so aus, als ob der Mensch eingeschlafen sei.

Berni ging näher und sah im gleichen Augenblick zu seinem Entsetzen, daß der Mann, der dort über der Bank hing, Opa Engel war. Der intensive Geruch aber, der von dem Mann ausging, zeigte Berni sofort an, daß der Opa vollkommen betrunken war. Dabei war er fest eingeschlafen und schnarchte laut.

Berni überlegte. Er konnte den Opa unmöglich dort lassen. Früher oder später fiel er bestimmt von der Bank herunter und fügte sich dabei möglicherweise Schaden zu. Berni wußte aber auch, daß es nicht ungefährlich war, den Mann jetzt aufzuwecken, noch dazu ohne irgendeine Hilfe. Opa Engel wurde bestimmt wieder aggressiv und ging auf ihn los. Allein konnte er sich dieses großen, kräftigen Mannes bestimmt nicht erwehren.

Verzweifelt blickte Berni sich nach allen Seiten um. Wen konnte er zu Hilfe holen? Weit und breit war um diese Stunde niemand mehr im Park zu sehen.

Da fiel ihm der Pfarrer ein. Ja, das mußte gehen. Das Gemeindehaus, in dem auch Pfarrer Stücker wohnte, lag noch am nächsten. Er mußte den Pfarrer zu Hilfe holen.

Berni hatte Glück. Pfarrer Stücker war daheim und kam sofort mit. Als sie aber beide in schnellem Lauf zu der Bank kamen, war weit und breit von Opa Engel nichts mehr zu sehen.

»Los, komm schnell!« Der Pfarrer packte den Jungen und zog ihn mit sich. »Wir müssen sofort zu den Engels. Ich habe Angst, dort gibt es ein Unglück.«

Der Pfarrer und der Junge kamen leider zu spät. Sie fanden die weinende Frau Engel, den mitten in der Stube auf dem Fußboden lautschnarchenden Opa Engel und rundherum nichts als Trümmer. Die Axt lag in einer Ecke, wohin sie der Tobende geschleudert hatte, ehe er in seinem Rausch zusammenbrach.

Es gab eine lange Beratung zwischen den drei Menschen. Berni konnte nicht verhindern, daß er beim Erzählen der Oma Tränen in die Augen bekam. Es ist doch furchtbar, mußte er denken, was alles der Alkohol anrichten kann! Ein sonst so gutmütiger, von Herzen gütiger Mensch wurde zur Bestie!

Am Ende der Überlegungen der drei stand die Gewißheit: Opa Engel mußte zu einer Entziehungskur fort. Pfarrer Stücker versprach, sich der Sache anzunehmen.

Die Unterredung, die Pfarrer Stücker dann ein paar Tage danach mit dem nüchternen Walter Engel hatte, war sicher nicht leicht. Zum Schluß aber sah Opa Engel ein, daß der Pfarrer recht hatte und gab seine Einwilligung dazu, die Kur einzuleiten.

Am Abend dieses Tages aber – Berni war bei den alten Leuten wieder zu Besuch – ergriff Herr Engel Bernis beide Hände: »Ich danke dir, mein Junge, ich danke dir von Herzen! Wenn du nicht gewesen wärst, wäre ich vielleicht dort auf der Bank im Park verreckt.

Als du davongelaufen bist, um den Pfarrer zu holen, kam ich zu mir. Leider hast du mein Rufen nicht mehr gehört. Daß es dann zu Hause wieder über mich kam, das ist sehr bitter. Ich hoffe zu Gott, daß mir dies nie wieder passiert.«

Vierzehn Tage später trat Opa Engel seine Entziehungskur an. Da er als Oberpostschaffner noch voll im Dienst stand, mußte seine Behörde den Sonderurlaub bewilligen. Das geschah ohne Schwierigkeiten, denn Walter Engel war bei Vorgesetzten und Kollegen gleichermaßen beliebt.

Nach drei Monaten war Opa Engel wieder daheim. Er brachte das beste Zeugnis der Anstalt mit und trat seinen Dienst sofort wieder an. Die alten Leute richteten sich von ihren Ersparnissen noch einmal völlig neu ein. Als Berni das erste Mal die neuen Möbel sah, umarmte er die beiden und gratulierte ihnen von Herzen zu dem schönen Heim.

Es kam die Adventszeit und die Weihnachtswoche heran. Berni Krüger spielte in der Laienspielschar mit. Er hatte an einer bestimmten Stelle die Weihnachtsgeschichte auswendig zu sprechen. Die Proben klappten ausgezeichnet. Der Tag der Aufführung, ein großer Gemeindeabend zwei Tage vor Heiligabend, brach an.

Am frühen Morgen hatte Berni die Möglichkeit, schnell noch einmal zu den Engels zu laufen. Er traf die Oma allein an, denn Opa Engel hatte Frühdienst.

»Ihr kommt doch heute abend?«

Die Oma nickte. »Sicher, mein Junge«, sagte sie. »Ich wünschte nur, mein Walter wäre schon zu Hause.«

Berni hörte den besorgten Ton.

»Du glaubst doch nicht, daß etwas Böses passieren könnte?« fragte er.

Oma Engel wandte sich ab. Sie wollte nicht die Tränen zeigen, die ihr über die Wangen liefen.

»Ich habe so schlecht geträumt«, sagte sie leise.

Der Saal war bis auf den letzten Platz gefüllt. Es mußten immer noch Stühle herbeigeholt werden. Pfarrer Stücker machte ein besorgtes Gesicht. Die Überfüllung schien ihm beängstigend.

Kurz vor Beginn erwischte ihn Berni. »Die Engels sind nicht da«, sagte er. Sein Gesicht drückte Angst aus.

Der Pfarrer, der vieles zu bedenken hatte, konnte nur kurz antworten: »Mach dir keine Sorgen! Sie werden sich verspätet haben. Das kann doch vorkommen.«

Aber Bernis Sorgen ließen sich damit nicht beseitigen. Er hatte ein ungutes Gefühl, er hatte Angst.

Als er dann noch einmal in dem kleinen Umkleideraum einen Augenblick ganz allein war, kniete er in einer Ecke nieder und betete: »Lieber Herr, laß nichts Böses geschehen! Laß nicht zu, daß Opa Engel wieder trinkt!«

Der Abend nahm seinen Verlauf. Pfarrer Stücker hielt eine Ansprache, die allen zu Herzen ging. Aber die Engels waren nicht im Saal.

Bernis Angst wurde riesengroß. Wenn er doch nicht spielen müßte. Aber jetzt würden sie gleich mit ihrem Stück beginnen. Über die ersten Minuten kam er gut hinweg. Als er die Weihnachtsgeschichte zu sprechen hatte, wollte es ihm die Kehle zuschnüren. Er bekam kaum ein Wort heraus.

Pfarrer Stücker merkte es. Der Junge hatte Angst, das spürte er ihm jetzt ganz deutlich ab. Da er ganz am Ende einer Stuhlreihe saß, gelang es ihm, den Saal unauffällig zu verlassen und zum Telefon zu gehen.

Bei den Engels wurde aber nicht abgenommen. Nun packte auch ihn die Sorge. Doch als er in den Saal zurückkehrte, wurde er von etwas anderem erschüttert.

Das Spiel war abgebrochen worden. Mitten in den Worten der Weihnachtsbotschaft war Berni Krüger plötzlich verstummt, hatte einen Augenblick wie gehetzt in den Saal geblickt, sich dann umgewandt und war durch die Kulissen mit schnellen Schritten verschwunden.

Berni wußte später nicht mehr, wie er durch

den Park bis in die Thalenser Straße gekommen war, wo die Engels wohnten. Schon von weitem sah er die Menschenansammlung vor dem Haus. Als er dann, von dem schnellen Lauf keuchend, heran war, wollten ihn die Menschen nicht ins Haus hineinlassen.

»Bleib hier, Junge! Bleib hier, er schlägt dich tot! Hörst du nicht, wie der Mann dort oben tobt?«

Jetzt hörte Berni es auch, das beinahe unmenschliche Schreien und Brüllen. Konnte das Opa Engel sein? War das noch ein Mensch, der solche Laute ausstieß?

Berni riß sich los.

»Ich muß hinauf«, schrie er den Leuten ins Gesicht. »Ich muß hinauf, er schlägt sonst die Oma!«

»Oh, lieber Gott im Himmel, hilf!« Berni stürzte die Treppe hinauf. Er kam zur Wohnungstür, die weit offen stand. Er sah den brennenden Adventskranz mitten im Wohnzimmer auf dem Teppich liegen, und er sah die schrecklichen Verwüstungen. Aber Opa Engel sah er nicht, und die Oma auch nicht.

»Oma, Oma, Oma!« Immer wieder schrie es Berni, während er hineinlief, in die plötzlich eingetretene Stille.

Und da sah er ihn, den Opa Engel. Er sah den sinnlos betrunkenen Mann mit der Axt in der

Hand hinter der Tür stehen. Langsam kam der Mann auf ihn zu. Die Augen blutunterlaufen, irre in eine unbestimmte Ferne sehend, die Axt hochhebend – so kam er ihm immer näher.

Wie gebannt blickte Berni auf den Mann. In diesem Augenblick gab es hinter ihm ein leises Geräusch. Er blickte sich um und sah Oma Engel mit kreideweißem Gesicht aus dem Schlafzimmer kommen. Da stürzte sich der rasende Mann an Berni vorbei und schwang die Axt zu einem furchtbaren Schlag auf die reglos dastehende Frau.

Was danach weiter geschah, das erfuhr Berni Krüger zwei Tage später im Kankenhaus, als er endlich aus einer tiefen Bewußtlosigkeit zu sich kam.

Die Schwester saß an seinem Bett. Sie hatte die Hände des Jungen in die ihren genommen und streichelte sie immer wieder. Ja, er, Berni, war im letzten Augenblick dazwischen gesprungen. Er hatte den schrecklichen Schlag abgefangen, der, statt die Oma zu treffen, ihm tief in die Schulter gedrungen war. Bewußtlos durch den schweren Blutverlust hatte man ihn fortgetragen. Opa Engel war wie von einem Blitz gefällt zusammengebrochen.

Die Glocken läuteten die Heilige Nacht ein und riefen die Menschen in die Gotteshäuser.

Berni lauschte ihrem Klang. Was hatte Pfarrer Stücker zu ihm gesagt, als er am Nachmittag ganz kurz bei ihm sein konnte?

»Gott hat dir zum zweiten Mal das Leben geschenkt, Berni. Der furchtbare Schlag ist dicht an der Hauptschlagader vorbeigegangen.«

»Und Opa Engel?«

Auf diese Frage konnte Pfarrer Stücker nur die Schultern zucken. »Sie haben ihn mitgenommen.«

»Ach bitte, Herr Pfarrer, wenn er noch hier in der Stadt ist, kann ich ihn nicht sehen?« Das war Bernis flehentliche Bitte gewesen.

Nun lauschte er dem Klang der Glocken. Dabei hätte er beinahe überhört, daß die Tür aufging.

Und dann stand Opa Engel an seinem Bett. Der große Mann kniete an seinem Kopfende nieder und legte ihm beide Hände um sein Gesicht.

Berni sah nicht die Polizeibeamten in der Tür stehen. Er sah nur Opa Engel. Er hörte nur, was der ihm zu sagen hatte. »Vergib mir, mein Junge! Vergib mir! Ich will es dir und unserm Herrn im Himmel mein ganzes restliches Leben hindurch danken. Vergib mir! Ich gebe dir mein Versprechen: Niemals wieder wird mich jemand verführen, nur ein einziges Gläschen zu trinken, auch wenn sie mich noch so sehr verhöhnen.«

Opa Engel ergriff die Hände des erschütterten Jungen.

»Vergib mir!« Das sagte er noch einmal. Als Berni trotz seiner Schmerzen unmerklich, aber für den alten Mann doch deutlich wahrnehmbar nickte, drückte dieser noch einmal fest zu, stand auf und hielt den beiden an der Tür stehenden Männern seine Hände hin.

»Nun können wir gehen«, sagte er still.

Berni aber hörte die Glocken singen. Sie sangen die Heilige Nacht ein.

Ali und die beiden Wölfe

Es schien eine laue Nacht zu werden. Der Hirtenjunge Ali saß vor dem altertümlichen Hirtenkarren und blickte über die weite Fläche, auf der sich die Herde gelagert hatte. Alles war in Ordnung. Nur da und dort blökte eines der kleinen Schafe im Schlaf. Wie gut, dachte Ali, daß es in dieser Gegend keine wilden Tiere mehr gab, die der ihm anvertrauten Herde gefährlich werden konnten.

Ali blickte zum Sternenhimmel hinauf. Groß und klar funkelten die Himmelslichter aus der Dunkelheit auf das Feld bei Bethlehem herunter, und Ali hätte wetten mögen, daß es möglich war, unter diesem Sternenhimmel ein Buch zu lesen.

Vor drei Jahren hatte ihn David, ein jüdischer Christ, in seine Familie in Bethlehem aufgenommen. Zunächst ging es darum, daß der jüngste, spätgeborene Sohn Benjamin einen Gefährten bekam. Benjamin war wie er 14 Jahre alt. Bald aber stellte sich heraus, daß diese Aufgabe für Ali, den sehr lebendigen Araberjungen, zu wenig war. So übernahm er allmählich Stück für Stück aus David Scholars Händen die Arbeit mit der Herde. Er hatte sich gesträubt, als man ihm im Waisenhaus sagte, daß der christliche Jude David Scholar ihn mitnehmen würde. Zu hart war noch der Schmerz, den er beim Tod seiner Eltern erlebt hatte. Daß sie beim Bombenbasteln durch eigene Schuld ums Leben gekommen waren, das mochte er nicht rechnen. Er sollte also in eine jüdische Familie, noch dazu in eine christliche Judenfamilie. Das war für Ali etwas viel auf einmal. Aber dann merkte er bald, wie gut es David mit ihm meinte, und so trug er heute schon die Verantwortung, die er auch in dieser Nacht wahrnahm.

Ali hatte sich dicht beim Wagen auf einen Stein gehockt und wohl nicht bemerkt, daß er eingeschlafen war. Plötzlich schreckte er hoch.

Da waren sie wieder, die beiden Wölfe. Schon einmal hatte er sie beobachtet. In weitem Bogen schlichen sie um die Herde, aber sie taten nichts. Das war das merkwürdige. Immer wieder sprangen sie vor, manchmal bis zur Mitte des Pferchs, aber dann waren sie wieder verschwunden.

Heute jedoch war das anders. Dahinten sah er sie, die geduckten grauen Körper. Nicht größer als mittelgroße Schäferhunde. Aber an ihren geifernden Mäulern erkannte er die Wölfe. Jetzt stieß einer von ihnen ein langgezogenes Geheul aus, und plötzlich, Ali konnte es nicht anders deuten, duckte sich dieser Wolf. Seine Augen funkelten herüber zu ihm, und Ali erwartete jeden Augenblick den Ansprung des Tieres. Da griff er zu seiner Schleuder. Der Stein war schnell eingelegt, er zielte kurz, und dann sauste das Geschoß durch die Luft. Ein lautes Geheul war die Antwort des Wolfes. Irgendwie hatte er ihn getroffen.

Ali wußte, ein angeschlagener Wolf kann noch gefährlicher werden. Er legte sofort den zweiten Stein ein und lief auf die Wölfe zu. Aber da geschah etwas Merkwürdiges. Die Wölfe gingen nicht zum Angriff über, sie wandten sich ab.

Der eine von ihnen, der gesunde, lief vorweg, und der andere, der angeschossene, hinkte auf drei Beinen hinterher und blieb immer weiter zurück, so daß es nicht lange dauerte, bis der Junge hinter ihm war.

Ali blieb stehen, und merkwürdigerweise blieben auch die Wölfe stehen. Plötzlich mußte er denken: Was ist das für eine merkwürdige Nacht? Sie ist so seltsam hell, so unwirklich, so geheimnisvoll. Als er diese Gedanken dachte, hatte er den Eindruck, der Wolf vor ihm, der gesunde, wandte sich nach ihm um, als wenn er ihm bedeuten wollte: Folge mir! Und Ali, der Araberjunge, folgte ihm. Langsam, Schritt für Schritt in Richtung auf Bethlehem, auf den kleinen Flecken zu, der dort in der Ferne lag. Hinter ihm her hinkte der zweite Wolf, der sich ab und zu niederlegte und seine kranke Pfote beleckte.

Und so kamen sie bis Bethlehem. Bei den ersten Häusern machte Ali halt. Er konnte es sich wirklich nicht erklären. Er ließ einfach seine Herde im Stich. Es war ihm dabei, als könnte er nicht anders. Die beiden Wölfe führten, ja, zogen ihn geradezu mit sich zwischen die Häuser von Bethlehem bis zu einem alten verfallenen Stall – ganz am andern Ende des Ortes.

Wiederholt dachte Ali: Träume ich? Ist das alles Wirklichkeit? Als er sah, daß aus dem Stall ein Lichtschein fiel, war es ihm noch einmal so, als müßte das alles ein Traum sein, ein Traum ganz besonderer Art in einer besonderen Nacht.

Ali sah sich um. Er sah die Wölfe nicht mehr. Aber er stand unmittelbar vor diesem alten Stall, dessen Tür nur leicht angelehnt war und aus dessen Innerem ein Lichtschein herausflakkerte. Als sich Ali, der Araberjunge, suchend umblickte, entdeckte er noch etwas. Er glaubte, seinen Augen nicht trauen zu dürfen. Ganz oben am nächtlichen Himmel sah er ein helles großes Licht, einen Stern von unwahrscheinlicher Größe. Er überdeckte die Augen mit seiner Rechten, so stark blendete ihn jenes Licht.

Er konnte sich nur wundern, und er wunderte sich noch mehr, als er die Stalltür leise öffnete und in das Innere des Raumes hineinsah.

Es war seltsam, was er dort erblickte: Irgendwo in einer Ecke stand eine hölzerne Krippe, so wie Ali sie auch manchmal für seine Schafe auf dem Feld benutzte. Aber in dieser Krippe lag auf dem Stroh, das sie bedeckte, ein Kind.

Ali schüttelte den Kopf. Er getraute sich kaum, näher heranzutreten. Er blieb im Dunkeln an der Wand und sah, wie eine Frau, wohl die Mutter des Kindes, sich über die Krippe beugte.

Etwas abseits stand eine große Männergestalt. Dieser Mann blickte unverwandt auf die Mutter und das in der Krippe liegende Kind.

Aber noch andere Menschen waren in dem Stall zu sehen. Hirten, die so wie er von der Herde hereingekommen waren, und noch ein paar Menschen aus dem Dorf, die sich scheu und leise flüsternd im Hintergrund hielten.

Plötzlich aber erschrak Ali. Die Wölfe, die er nicht mehr gesehen hatte, waren durch einen Spalt in der hinteren Wand des Stalles hereingekommen, und es schien ihm, als wollte sich der Lahme, der mit der angeschossenen Pfote, zum Sprung auf die Krippe ducken. Da griff Ali seine Schleuder. Schon hatte er sie hochgehoben. Da geschah ein Wunder. Er konnte es nur als ein Wunder ansehen: Das Kind in der Krippe hob eine seiner kleinen Hände. Der Wolf, der sich schon zum Sprung geduckt hatte, blickte auf das Kind, und Ali sah eine seltsame Veränderung. Die böse funkelnden Augen wurden friedlich, und es schien, als neige das Tier seinen Kopf vor dem Kinde.

Da drehte sich das Kind zu Ali herum. Sein kleiner Finger winkte Ali heran. Er trat zur Krippe. Dabei hatte er den Eindruck, als sei er in diesem Augenblick mit dem Kinde ganz allein in diesem Stall. Ihm war, als sähen ihn die anderen Menschen gar nicht. Nur das Kind blickte ihn an, und er hörte es sprechen: »Ali«, sagte das Kind, »heute ist die Nacht der Liebe, die Nacht der Liebe Gottes. Du mußt keine Angst haben, auch nicht um mich, denn auch die Tiere haben mich lieb.«

Ali fuhr mit einem Schmerzensschrei hoch. Er war im Schlaf auf dem Stein ausgerutscht und hatte sich den Kopf angeschlagen. Er fühlte, daß es ein wenig feucht hinunterlief. Aber das war nur der eine Teil des Schreckens. Der andere Teil sah ganz anders aus. Was war mit ihm geschehen?

Er hatte geträumt. Er hatte das Kind in der Krippe im Traum gesehen und hatte im Traum seine Worte gehört, und mit diesen Worten hatte ihm das Kind einen heimlichen Wunsch erfüllt. Eine Frage, die er schon lange in sich trug: Welches ist das Geheimnis dieses Christenglaubens, des Glaubens von David Scholar und seiner Frau und seines Freundes Benjamin?

Nun wußte er's. Das Geheimnis hieß »Liebe«. Die Liebe Gottes, die Liebe zu Mensch und Tier. Und die beiden Wölfe? Ja, sie waren auch ein Traum. Traumgestalten, die ihn geführt hatten und nun wieder verschwanden, aber sie hatten ihm den Weg gewiesen zu dem Kind von Bethlehem; und wenn es hier auch keine Wölfe mehr gab, so wollte er sie doch nicht vergessen.